U0501096

李 少 君
雷 平 阳

主 编

2023
之卷 秋

诗收获

长江出版传媒

长江文艺出版社

诗收获

编委会

主　　办： 长江诗歌出版中心　　中国诗歌网

编委会主任： 吉狄马加
编委会(以姓氏笔画为序)：

吉狄马加	朱燕玲	刘　川	刘　汀	刘洁岷
江　离	李少君	李寂荡	李　壮	吴思敬
谷　禾	沉　河	张　尔	张执浩	张桃洲
何冰凌	林　莽	宗仁发	金石开	周庆荣
郑小琼	育　邦	胡　弦	泉　子	娜仁琪琪格
姜　涛	高　兴	钱文亮	黄礼孩	黄　斌
龚学敏	梁　平	彭惊宇	敬文东	雷平阳
臧　棣	潘红莉	潘洗尘	霍俊明	

主　　编： 李少君　　雷平阳
执 行 主 编： 沉　河
副 主 编： 霍俊明　　金石开　　黄　斌
艺 术 总 监： 田　华

卷 首 语

在澜沧江边听到过一则古老的人与虎的传说。

从前，拉祜人的一个若末 (大酋长)，在美如仙境的地方建立了部落辉煌的宫殿。他的妻子美如仙女，身边的军师与勇士有的会占卜，有的会制作芦笙，有的能杀狮子，有的充满了解决一切世俗问题的智慧，有的记忆力惊人，能把祖先的来历说得一清二楚，有的能通灵，常常与山神进行沟通，有的精通医学。若末无论走到什么地方，身边都带着他们，但他们有一个非常大的缺点——不善于战争，每一次外族部落来侵犯，他们都总是吃败仗，不得不用黄金白银去换取和平。若末为此非常苦恼，一位军师就告诉他，部落领地的南边有一条大江，大江的南岸有一座古寺，古寺里住着一位无所不能的人，我们可以去向这个人学习无所不能的法术。若末听后大喜，第二天就领着妻子、军师和勇士踏上了南下求学的旅程。

无所不能的人在古寺中接待了若末一行，并欣然应允了他们求教的要求——不仅仅在很短时间内教会了他们打胜仗的法门，也教会了他们一身的武艺和制造武器的技术，同时还教会他们变成各种野兽和鬼神的秘技，以及打歌、跳舞、种茶、驯狗的诸多本领。但当他们走在返回部落的路上，因为无所不能的人忘了教会他们把万物变成美食的方法，而这条道路的两边又根本找不到可以食用的东西，他们陷入了随时可能被饿死的困境。又是那一位军师站了出来，对若末说，尊敬的若末啊，我们不是学会了变成野兽的法术了吗？能不能我们现在就变成老虎？既跑得快，又能到前面的森林中捕捉其他动物来充饥，等回到部落后我们再变回自己的原貌。若末觉得这是一个不错的办法，就命令四个勇士变成老虎的四条腿，会占卜的军师变成老虎尾巴，仙女一样的妻子变成老虎的腰身，自己则变成老虎的头颅。他们同时摇身一变，其他没变的随从面前马上就出现了一只凶猛无比的老虎。老虎闪电一样扑向远处的森林，没变的随从则忍饥挨饿继续朝着部落的方向跋涉，并最终回到了部落。

若末、若末的妻子、军师和勇士所共同变成的那头老虎却再也没有回到部落——他们变成老虎后，迅速成为森林之王，自由自在而且威风八面，觉得这样的生活正是自己梦寐以求的，慢慢地就把自己的部落忘记了。

2023 年 8 月，昆明

诗收获

2023年秋之卷

目录

评论与随笔

季度观察

季度诗人

海甸岛

/ 蒋浩

　　蒋浩，1971 年 3 月生于重庆潼南。著有随笔集《恐惧的断片》
《似是而非》、诗集《修辞》《缘木求鱼》《游仙诗·自然史》等。
现居海南。

天水章句

1

雨在佛前是什么？
从秦州到麦积，雨躲着雨，
来这小陇山中看麦垛孤峰上石窟中的小沙弥。
我分泌的湿气围拢我。

2

石胎，泥塑，俯瞰着满山烟雨，
似笑非笑，一天一千年。
鼯鼠五技，在岩壁滑翔，
落在佛头上的粪便像墨迹。

3

车如墨锭在未完工的水泥路上厮磨、颠簸，
慢是慢的发动机。
出发时遇到归来时的雨，
快是快的减速器。

4

雨把麦积山又隐入了麦积山。
我和你之间只隔了一个看。
我看你时把手搭在额前，
你看我时把手放在膝上。

5

黄皮肤的渭河，黑眼睛的陇山。
一万粒沙在水里跳动，
一万粒沙在山脚堆积，
一万粒沙在李广墓前编织了一个花圈：沙无言，水有声，山有形。

6

唐槐汉柏，还有寺门前千阶边那鲜红的山头姑娘，
每一棵都忠于天性有如命令。
活下去，活下去，太多的永恒，太多的不幸，
伴随着北流泉里先生的寓影。

7

落日未落。看啊，街泉亭的不老泉洗净了女娲祠的补天石，
大地湾的陶罐里装满了蜜桃、花椒和苹果。
这清水河边的炊烟又把陇山下零落的村庄连成了同一条河。
蒲公英在路边的格桑花里找到了波斯菊。

8

跌宕公路串联起这塬、峁、墚形成的千沟万壑。
到兴国镇时，堵在半山的车像一块橡皮擦，
在黄昏的毛边纸上皴出的夜之粉墨，
正一笔一画地把秦安城从山下的阑珊灯火中勾画出来。

海甸岛

1

老吾老，以及人之老。
我随身带了个地狱。
从两肋间拆下一条又一条潮汐，
扔进面前这熊熊燃烧的火炉。

2. 向赫拉克利特致敬

小雨时，我骑车穿过一条条幽暗的林荫道。
我感觉我至少两次驶进了同一条河流。
而我和我的车保持着干燥的反光。
海的每一次闪耀都像是第一次。

3

我们往海里倾倒生活中途的垃圾，
也播撒生活结束的骨灰。
海始终是我们生活开始的样子，
也可能是我们生活开始的地方。

4

我爱极目远眺来治疗我的近视眼。
有时甚至站上高高的崖岸和礁石。
我的视力渐渐得以恢复：
看海越来越模糊，看礁石越来越清楚。

5

岛是这大海分泌的一块顽石，
固定着潮汐的进退起伏。
穿过星星的针眼，每一条细浪
都把这倾斜的海面绷紧在一呼一吸间。

6

浪花像灯笼，漂过来，漂过来，
以为你也是一支蜡烛：
夜的头发燃烧着，雪白的瞳孔，
被波浪冲洗得发出了黑光。

7

波浪不断从沙滩上退回到海里。
时间每分每秒都在给自己添加时间。
我走那么远的路，倒出鞋里的沙，
去舀海里的水，却碰到了石头。

8

我深深地屈服于一种诱惑，
以免被更多的屈服所诱惑，
以免被更多的诱惑所屈服。
我写诗因屈服，也为诱惑。

9

我看见了海，就看不见别的海了。

那海上一浪和树上一叶没有区别。
斫木成舟和乘桴于海也没有区别。
我抱住了树，就不想被海抱住了。

10

起初只是石头里渗出的一滴水，
海的展开和上升如此痛苦而修远。
肉身的狭小不足以领悟到这巨大如何在杯子里像葡萄酒在摇动。
眼睛被音乐打湿了，但眼睛听不见。

11

哎，浪尖上挂着肉，礁石上裹着皮。
哎，波浪的教堂，白云的墓地。
哎，我把一枚针扔进去。
哎，我听到的回声又扎进了杏色的肉里。

12

我用筷子敲打你顽劣的屁股和大腿。
我没有戒尺。敲打我的是戒尺量出的生活。
这一排浪站起来反对这一片海，
这一个人被自罚在沙滩上背懊恼经。

13

坍塌的月亮。废弃的乳房。
从松松垮垮的腰间垮下的沙滩，
又系在波浪枯萎的唇边。
老是一个与生俱来的器官，藏在我们身上越活越年轻。

14. 向兰波致敬

"我控制不了我的控制力，
尤其是当我沉溺于肉体之欢时。
我不想伤害和妨害谁，我放纵，
我只是在后半生用混蛋的方式证明我前半生不是一个更好的混蛋。"

15

空门是什么门？
苦海是什么海？
我在海上找到一扇门。
门上刻着一颗星。星光像海浪正从海浪与海浪的层叠处缓缓地钻出来。

16

请为那头伟大而衰老的鲸鱼准备一个千丝万缕的笼子吧。
让他在里面识字、读书，
看汉字轻盈如蝶绕着嘴唇游来游去，
又如何被思想的尾鳍突然震散为一座座笔画的孤岛。

17

哎，波浪的废柴，礁石的空虚。
哎，风在浪尖上刮肉，雨在礁石上剔骨。
哎，我把打火机扔进去，
哎，海在燃烧因为灰烬腾起了巨浪。

18

海鸥带来了飞翔的飞向。

鸟脸只是闪现而从不是为了看见。
水躺在那里像一张床哪里都不去。
海在流泪因为海没有眼睛。

19

船沉到海底船底才开始腐烂。
太阳沉入海中海水却开始变凉。
人和猪浮上海面才算是人猪之死。
海在笑因为唇边沙既是种子又是泡沫。

20

我知道我始终生活在一个我看不见也想不到的大而微的限度中。
这个限度甚至不足以是对无限的极为有限的补充。
甚至这段散步的沙滩也是海所坚决舍弃的。
我看见海在翻身但我知道海没有脊背。

21

一些，只是一些线条。像路，
又像指路的线条：
只是为了让我沉溺和迷途。
解开她们时，静电又把手指粘在一起。

22

这深灰的液体，我看你十五年了。
这翅膀叠翅膀的一万吨黏稠的飞翔，
每天都在消耗相互的引力，和共生的重力。
这低处的坦荡和高处的磊落都蔑视我。

23

我把手伸进这波浪里，
抚摸你时手指陷进了毛皮的斑纹。
波浪留在我指尖上的力量，
足以把那个气泡似的小岛推到我面前，掐灭她。

24

老朋友，我又这样去认识你：
在沙滩上坐着，看大海画出你无边的肖像。
我扔一片片石子在你的眉眼之间添一道道沧桑，
而波浪又把海底的形象拓印到沙滩上。

25

我并不认识波浪走过的路，
从这里出发，跟随你，我想象我没有去过的地方。
我的阿耳戈，波浪像一簇簇羊毛攀上船头，
是落日，而不是难以下咽的航海图。

26

这些困兽般的文字不像是关在一本伟大之书里，
而是在沉默的打印机里饱受着浩瀚之苦。
放出来，放出来，波浪涂改着沙滩，
每一个字都跳起来喊自己的名字。

27

如何搬走这座海？

如何搬走这海中之岛？
在我的目之所及和心之所向之间，
跃起的波浪和下沉的岛屿像一个漏斗和她的影子。

28

我们关于我们如何生活的技能构成了我们生活的全部。
我听说了一些故事，也许永远也写不进诗歌里。
我看见了这片海，
关于海的全部知识构成了我自身最真实的一个盲点。

29

我似乎听到了那条鱼从海鸥嘴里又幸运地滑落到大海时的欢呼。
几天前，飞机滑翔着离开跑道的瞬间，
我紧握着操作杆，只有我自己听见了我小声地喊着。
我到达的天空并不是我值得生活的地方。

30

两排浪从海平线就开始相互推搡、排斥、摔打，
一直滚到我的脚边原谅了我的快乐。
我满足于看。看得太久，我满足于想。
我想不出我想很久的原因。我想我刚好是波浪跃起的部分：大海的一枚嫩芽。

31

如此多的海浪，像突然，突然就涌过来，
正如他们突然又退回去：
千头万绪，眼前的和过去的，我都忘记了。
大海不像是关于大海唯一的事实。

32

记忆中的真实，和真实中的记忆，
相互吞噬又相互再生。
插入多汁肉体中柔软而多变的一撇浪，
像开花的舌头，舔着灰烬的泡沫。

33

把手放在书上和放在波浪上，
并不意味着发现自我或放逐自我。
我的左手和右手握在一起，我向里面吹气，
听书页燃烧在波浪的坟前。

34

剩下的道路除了水，水，
还是水。除非你已走了足够久，足够远，
你才会在一排浪前止步，
你才会为一排浪，跃起。

35

在波浪跃起之前跃起，撕扯那雪白的浪之羽吧；
在波浪敞开之前敞开，捧打那幽暗的浪之根吧。
不因存在之轻而轻于许诺，
不因许诺之重而重于存在。

36. 献给弗里德里希·威廉·尼采（Friedrich Wilhelm Nietzsche，1844—1900）

这身边的大雨正抱着这大海在哭。

这大海正抱着脚下的海甸岛在哭。
而你在广场上抱着马的脖子在哭：
"我怎么可能敌视这些美丽踝骨的波浪们的小脚呢？"

37

海风如遗物，来自海底的群山和峡谷吗？
我们把我们和我们每天崩塌的生活，
扔进这巨大而深邃的蓝色垃圾桶吧。
"不要在风中向风吐口水。"

38

我住在海边，学着波浪的样子，
推开一些日子，抱住一些日子；
而且——还要学着日子的样子，
给每一个日子都装上引力之鞭与厌弃之。

39

海在寂寞地蜕皮，蜕皮，
洁白的沙滩精致地蠕动着，扭曲着。
已经吞下了一座海甸岛，
还想在椰子树上嫁接石榴。

40

过多的喧嚣在磨损珊瑚中闪电的矿脉，
过多的波浪在重构脑海中风暴的群山。
缺一座岛，固定在沉默的浪尖并吞噬沉默；
缺一只鸟，在岛上唱一首轻快的流浪之歌。

41

喘息，咆哮。喘息之后咆哮，咆哮之后喘息……
为两者之间伟大的暂停而创造的浪花，
又解开了悬在彼此身上寂静的深渊。
但有时，他们既彼此吞噬，又相互填充。

42

看看吧，波浪涌向天边改写着海平线和天空史，
绷紧的岸，维护着玩具般的船只带来的森严秩序。
在这里，沙是唯一的排泄物和厌世者，
孩子们对着他们堆出的城堡撒尿。

44

波浪从很远很远的地方造访我。
遗弃的浪头，大大小小，高高低低，
拥挤在院子里起伏如落叶。
落日的余晖又把他们扫进了月亮的抽屉。

45

停一停吧！朝如青丝暮成雪，
掉下的头发在海底继续裹挟着泥沙。
掉下的牙齿在礁石上碰出了火花，
虽然只有看不见的，一秒钟。

46

波浪的阶梯，每一级都让我回到原处。

波浪的窄门，每一次打开都是拒绝。
我虚构了一个我骗过了波浪，
虚构的我又把我留在了虚构的波浪外。

47

在潮汐停止之处，一个绝对的源头，
正露出她平坦的，光的小腹。
"政治止于水边。"
"道德止于裙边。"

48

很显然，天之暗不如海之黑浓度高，
更像是海的暗黑投射在天幕的暗影。
大海永远在边稀释边凝聚这暗之黑，
岛一半是暗黑之源，一半是光之核。

49

散步时遇到一个看不清面目的人，说：
太阳升起时，月亮就落下了。
还说，月亮像是从太阳落下的一块骨头。
——午睡醒来，我就赶紧记下了。

50

跃起的波浪像一团黏稠的影子，
轰鸣着，拆解着防波堤里的钢筋。
谢谢你，认识和不认识，诅咒和溺爱，
都来自大海深处的寂静。

51

正是模仿了波浪的运动，
在波浪里运动时制造的波浪，
把我们推送到一个没有波浪的
岛上。

52

请给他礁石。
请给他海水。
请把礁石放在海水中。
请领受这每日之赠予与失去。

53

请用波浪把你的眉毛画细，
眼角再描上智慧的鱼尾。
你看见我手里的沙滩铲和塑料桶，
你说，

54

从浊浪提炼的每一根曲线。
从暗礁提炼的任何一条直线。
从卵石提炼的天然的浑圆。
从沙滩提炼的永无去处的最小的起点。

55

请让我用头发擦你脚上的水。

看啊，最先醒来的脚指头，
像一头白色的幼兽，
在蓝色摇篮里眨着眼睛。

56

这些波浪开始远远地互相观察着，
彼此暗示着，轻悄地潜入更深的深处，
顷刻之间又突然聚拢，彼此抱住，
在最近的近处高高跃起如一座倒悬的灯塔。

临高角观海

1

这落日像一团揉皱的草稿，
在墨水瓶中展开，慢慢褪去上面的墨迹。

2

我欠我自己一个巴掌。
向我冲过来的波浪却向我挥起了拳头。

3

我不能把波浪像树叶夹进书页里。
甚至也不能把树叶像书页夹进波浪里。

4

希腊人在海边割下敌人的头颅来舀水。
圣丹尼凝视着捧在手里的自己的头颅。

5

呵，勤劳的大地，请翻过身来，
请擦去背上渗出的这滴年轻的汗水。

6

细长的沙滩上，完美的脚印
把海与陆铆在一起。

7

燃烧吧，我的荷蒙库鲁斯，
在这海水中燃烧才能让你获得肉体。

8

无尽的肿胀。来自拒绝深处的引力，
把远处的小船粘在颤动的指尖上。

9

我们之间的谈话因这陡峭的长堤而突然跃起。
看问题的角度改变了问题本身。

10

一直都是假设。海假设是海。
当我跃入海中，我假设的我才是真的我。

11

看到你时，我感觉我已经走了很远很远的路，
这片海一直在汹涌只是为了永远停在这里。

12. 改阿尔蒂尔·兰波的一个句子

水，水，水。我看见了水，
却不能饮下。

13

这些流出泪水的地方，
不要用泪水去清洗。

14

我怕别人暴露了我的思想，
而它原本只是我的思想反对的一个原型。

15

漫长的痛苦撕扯着沙滩的边缘，
但不会获得痛苦的加冕。

16

我带着我的海来到这里，你说，
"我们彼此从未以姓名相触。"

17

半空中玻璃般清脆坚硬的夜，
正慢慢融于海平面柔软的黑暗里。

18

这里的每一条街道都通向海边。
这里的每一个人都知道海在海边。

19

我困惑于如何避开这竖起的激浪在每一次到达顶点时崩溃的泪水
又如何在一枚小小的贝壳中得以漫长无声地重构。

20

波与浪的间隙在彼此缩短，
海面上挤满了光之交叉小径。

21

来吧，无尽的谈话！
每个字都在这浩渺的废墟中像一叶孤舟在挖掘自己。

22

在海平线凸起的漫长的漆黑书脊上，
我认出了这本书的作者是群星而不是月亮。

23

影子像倒扣在沙滩上失修的船的空壳，
在倒扣的船的空壳上缓慢地移动抵抗着速朽。

24

站起来！这波浪的碎片围绕着我，
像一个破旧的镜框围绕着我的名字。

25

这波浪击打崖壁的巨大轰鸣在减轻我们都很熟悉的彼此身上的重量。
只有偶尔我们才触及它的浪花般的轻盈。

26

"群岛"只是一座孤独的火山过于喧嚣的名字，
而大海才是围绕它的所有沉默的唯一姓氏。

27

熟透的，层层波浪包裹的岛，
过于辽阔的大海突然开始稀释它每一瞬间的甜。

28

潮退了，青蟹白蟹们又在沙滩上横行。
老渔民挣扎在自己年轻时布下的蟹笼里。

29

风穿过海面上不断隆起的无穷无尽的浪花装饰的穹拱，
在这些被驯服的回声中，不断消失的是观看者的名字。

30. 向 R.M. 里尔克致敬

看这些卵石和贝壳是我在散步的沙滩捡拾的，
我想要你了解，从里雅斯特湾直到瓦莱山谷。

31

让我学习遗忘，在这些一开始就超过我的潮头上，
我把我的头伸到打开的水龙头下。

32

钩住你嘴唇的细铁像与你约定时拉钩的手指。
躺在我的手心里，一截波浪从你背上爬出来。

33

甚至只是最短的貌不经心的一瞥，
看海甚至比造海填海更需要长久的准备、专注和勤苦。

34

眼睛可能是大海的一个日渐枯萎的源头，
古埃及人最初把眼睛画在手心里。

35

读了那么多你的书，和关于你的书，然后，来看你，
想用书中的一句话来概括你。

鸟鸣窗

倾听源于假设但不在假设中倾听。
一只嫩绿的绣眼鸟，
扑棱着，
深灰色的尖喙
从紫檀宛转的树冠里
抽出被凉夜浸得发毛的地平线，
延伸到大海摇晃的酒杯里。
嘤……啾啾……喳喳喳……
无数的长短声，甜而踯躅，
警醒我，催促我：
太多的懈怠，太少的颖悟。
在这张开的窗翼里，
我像那根干燥的舌头，
我想和自己说话。
但竹枕深处有滴水声。

七曲山之夜[1]

那居住在古老树冠里的星星
离我过于遥远。

---

[1] 七曲山位于梓潼县城北，古称尼陈山。天宝十五年，唐玄宗幸蜀途经此山，有侍臣留下"细雨霏微七曲旋，郎当有声哀玉环"的诗句，七曲由此而名，道教誉为"天下第九名山"。

其实早在一万年前，
它就消失了。此刻，
我看到的只是它剩下的光，
还在向我靠近。
我记得我曾经爬到树冠里，
被父亲训斥着——
他害怕我会摔下来，
而不是像星星靠自身的光
轻盈地托举着自己。
我不认为我曾经来过这里。
想起那位唐朝的诗人，
也曾这样坐在这棵柏树下，
看星光移动树影，
像旁边的溪水从泥土中
冲洗出黑暗的石头。
石头也曾是星星的一部分，
离开了光的佑护，
寂静得像树皮在开裂。
而我希望那照在我身上的光
能再次把他们缝合在一起，
并用他的名字托举着他。

蒋浩诗歌的阅读札记

/ 王彻之

1. 在中国山水诗的传统中，风景被天然地当作一种抒情对象，这种抒情对象拥有完整的系统、固定的审美参照系，和与之匹配，并且几乎永不失效的文化心理模式。然而，在蒋浩很多的诗中，风景的古典意义上的抒情性，几乎被日常性抵消了。蒋浩诗中的日常性不仅在于，"观看——走入"山水成为诗人心灵视域中的寻常事件，以至于在有些情况下，甚至没有审美的惊奇可言，更在于山水成为生活世界的基本构件。这种构件的实用性，其实与普通桌椅茶杯并无差别。即使是写异国风物，这种日常的、反惊奇的调性也时刻存在。在《熊，刺猬或豪猪之死》中，面对一头死去的豪猪，诗人如是说："过去对我来说，这种事经常发生 / 死只豪猪不算什么，死个人才是事呢。"

2. 同样是写山水诗，蒋浩与孙文波几乎是两种路径。孙文波是以我写物，物为我用，赋予山水和周遭世界以其高度个人化的、矛盾而辩证的心理结构。这种结构既壮观雄奇，又牢骚顿挫。用哈罗德·布鲁姆的话讲，这接近于一种强力诗人的写作。相对而言，蒋浩几乎自觉成为"弱者"，这在于其下笔轻微，并不在意山水的整体意蕴，或者路边花草见微知著的哲思。与此相反，蒋浩诗歌中的主体声音非常不具有侵略性，却试图感受个体心灵与自然之灵之间不起眼的"微漾之力"（语出《九月二十六日访明德学院罗伯特·弗罗斯特旧居》）。这里所说的自然之灵完全不是象征层面上的，而是万物各有其灵之"灵"，包括细碎的浪花，深埋于路边的石块，夕阳下的小木屋等等。如果蒋浩的山水诗中没有抒情，是因为仅靠这种极度微妙的心灵感受力，白描就已经足够代替抒情在通常山水诗中的装置地位。

3.《夏天》组诗展现了蒋浩诗歌的技术强度。和很多九十年代业已成名的诗人一样，蒋浩对词语的拆分能力达到了惊人的地步。只不过，和类似于《玻璃工厂》

等诗不同的是，《夏天》等诗多了一层淡淡的暗示性。比如"炎热和清凉怎么一下就变成了炎凉"？把"炎热"和"清凉"拆解合并，成为"炎凉"。在表面上，三个词都在说夏天的温度感受，但"炎凉"本身对世态的暗喻，让文本添加了一层人生意味。又比如"日子板上钉钉，刚刚铆过，校对过"。"板上钉钉"的意义被之后两个短语快速延伸，瞬间造成双关性。再比如"剧中人个个青葱，像是吃青草长大"——这种词义延展的特点，早已有论者指出，在更早的作品如《静之湖踏雪》中就已经存在。

4. 关于当代诗，总有一个奇怪的争论，认为诗歌存在词语与经验的二元对立，词语之诗好像就不能是经验之诗、感受之诗。《夏天》中的这些细节其实可以证明，好的词语之诗，绝对不是僵硬的技术操作，而是表现出对周遭事物"温度"的敏锐感受力。《夏天》中高密度的修辞转换，是蒋浩诗先前的一个重要特点。在近年来的写作中，蒋浩更倾向于保持一种整体的疏松感——不仅在形式上而且在感受力上——而这种疏松感又是极富弹性的。用一行的话讲，蒋浩锻造出了一种"简练而拗折的风格"。（语出一行《大海的修辞，或自然诗的双引擎》）

5. 相较于其同代人而言，蒋浩对声音的重视尤为突出。蒋浩诗中对声音的表现不仅在于韵律，更在于节奏，甚至在于语气。我一直认为，一首好诗最关键的，是有其独特的语调。蒋浩诗中的语调暗藏海浪的节奏。在《己亥初三日，西海岸观海》中，诗人在开头写道："这海底到处都是歌喉般的 / 洞穴。"歌喉般的洞穴，在我眼中，并不是一个足够自然巧妙的比喻。当我寻求文本中足以托住这个比喻的句子而不能得时，我听到，诗行那潮湿幽暗、摇摆不定的韵律感本身，就是对"歌喉"，或者事物运动的韵律的验证——"你看，那来自地心的黑暗之光 / 涌上来，涌上来 / 继续分解波浪的残骸。"

6. 在赠友人的系列诗中——特别是其中写到岛屿和海洋的诗，蒋浩逐渐发展出一种悠然的聊天式口吻。如《北运河东——赠阿西》中，"水不错"和"海不错"在头尾形成巧妙的呼应。这种呼应不仅来自形式，也来自口吻自带的韵律感。诗中的长短句交替，辅以两字词组的对称，使诗歌的叙事节奏不疾不徐，如"向东，再拐弯，向南"，"快看，快看"，"吃啊，吃啊"，"味之，道之"。

7.《连州夜雨——赠翟文熙》在蒋浩的赠诗中独具一格。诗歌以二人坐在雨中的场景开篇，写对方赠"我"诗集，随后饮酒至酣，中间接近于纯叙事。但后半段笔锋一转，写叶子掉光的苦楝树被雨洗过，两只松鼠在上面追逐，直到最后写到"冷"，雨入连江。虽然全诗有颇多衔接处，但场景干净利落的切换以及其中开阔的留白，却仍然体现出古典诗歌寄情于景、得意忘言的意味，当为这种题材作品中的上乘。

8.当代诗歌关于困境与绝境的讨论，本质上，还是中国现当代文学史中的历史焦虑，在特定时期再次上演的结果。这种论战不会有实质性的结果，而且以后还会反复出现，代代出现（套用西方的俗语，you never learned）。我听到有人说，新时代的青年诗人在开始探索"无焦虑式"写作。事实上，臧棣早已指出，王敖的诗就是无焦虑。但还没有人注意到，蒋浩，也可以算是无焦虑式写作。无焦虑的意思是，诗歌写作的目的并非为了回应，或者试图抵达某个历史性的终极目标，因此诗歌不刻意装配历史感。与此相反，蒋浩诗中任何微小的历史感，几乎都是完全服务于主体性的，或直接点说，服务于主体的心灵感受。正如《寻根协会》写道，"天池深处的悠悠／给我们的心充足了静电"。有时候，甚至可以说，今天许多诗人在意的，是悠悠，蒋浩在意的，是心灵与事物之间的静电。

9.《戊戌正月初三过琼州海峡去徐闻》是不得不说的一首诗。首先，这首诗大概是显示蒋浩诗歌节奏感的最佳范例——"太多的，轻率的决定和勇气／向前，向后／纵容这舱上来回牵引的日子。"与海浪般来回回的节奏相对应的，是表意的松弛和紧张相辅相成。从"纵容"到"封闭"，从"紧握"到"轻微"再到"奋力"，从"白日之灰"到"坏脾气"再到"安静""深邃""颠簸的心跳"，全诗从空间的扩充与收缩，再到力的强弱，再到心灵之声的鼓噪与沉静，巧妙地完成了从外部空间到内部空间的转换。而这种转换不是单纯线性的，而是左右摇摆延宕。

10.《正如你所见》八首实际上是一首，它的杰出之处在于，海的锁闭感和自由的隐喻，天然为特定社会议题的讨论铺垫了合理的逻辑基础——"你看，这喧嚣锁住的每一寸海／每一秒都是在挣扎：呵，自由／不过是这漫长的狗年月呕吐的垃圾。"但这首诗每一节的"你看"，把说话人的语境拉到了海边。当面对一个发生在"内陆"的真实社会事件，这首诗就像是描绘了抒情主人公和谈话对象身处世界的另一端，面对眼前的景物感到愤懑而无能为力。这首诗到愤懑为止，如果想表现更切身、更深层次的现实感，则需要更强力的、能延伸到事件"内陆"的想象力，而这大概是沃尔科特在海洋诗写作中更具有启发性的一点。

11.需要注意的是，在当代诗的类似写作中，有不少诗人试图用新事物和新词语对社会问题造成反讽和隐喻，但往往用力过猛。这和我在宋庄参观一些画家工作坊时的感受相似——他们都娴熟于最先锋的技法，对题材的结构意识也非常明确，但是画作本身，却非常容易地对观众暴露意图，而这种意图往往是以一种简单直接，但是绝不妥协的批评性的面貌出现。这让我想到海伦·文德勒在讨论谢默斯·希尼时，提到的语法与表意的关系。希尼的语法，在一段时期内往往回避了"当这个怎样,那个就会怎样"的模式,相反从时间转到空间,采用"既是,也是"的结构。这和蒋浩某些诗中海浪左右摇摆的节奏,以及对日常生活不确定性的微妙体会有异曲同工之妙。因此,如何在当代诗中,或者在诸如《正如你所见》这样本身就已经足够优秀的作品中,有效介入社会议题,但是却不过于轻易地暴露意图?蒋浩那些口吻轻松、姿态游移的日常写作,已经提供了可选择的答案。换句话说,对直接表现道德感的隐蔽,反而可能是表现道德感的最佳方式。

12. 蒋浩写异国行旅的诗,对自身文化上的外来性非常敏感。作品如 *Anchorage*、*Maverick Studios*、《午餐闲谈片段》等都是如此。在《午餐闲谈片段》中,蒋浩写道,"她不懂东方人的什么都不想 / 才是想,没问题才有问题",狡黠地展现了诗人对于自我与西方差异的认识。实际上,这种物极必反、阴阳转换的古典辩证法,成为蒋浩写作这一类诗时展现的常见心态。这种心态相应地带来这一类写作语调的不同,即戏谑、淡然、狡猾,但是同时又显得孤独,不太适应周围。与中国诗人写异国题材的通常风格相比,蒋浩的幽默使他的诗更具海绵一样的、对异质性因素的吸纳能力,让人联想到杨小滨和胡续冬。与我自己相比,这和我身处异国的写作调性有着显著差异。相同点是孤独,不同点是,我没有作为外来者的警惕、敏感和戏谑。无论是中国还是英国,我都把自己当成内在者,但是又没那么"内在"。

13. 蒋浩对光线的注意力,使他的诗相比于一般的山水诗,更具有画面感。比如《克莱山日出》:"而热的光正趴在远处拉直的电线上 / 雨点般闪耀着。向我滑过来 / 要把滚烫的光线塞在信筒里";《九月二十六日访明德学院罗伯特·弗罗斯特旧居》:"推动我们走向那幢深灰于黑的小木屋的 / 夕光的引力 / 又把这些交叉的树枝在头上形成的 / 一个个彩虹般的拱顶 / 紧紧地连缀在一起";《十一月三十日与文东别后作》:"时光像阳光。当我打开窗 / 这阳光也掉进窗外的海里";《四月十二日由永兴岛乘船去赵述岛半日》:"光啊,这丰饶之光 / 我看见了。满心满肺的通透 / 照亮海,也雕刻我们的皮肤"。和对海的把玩一样,蒋浩也擅长将光"竖起来,挖她,掏空她"(语出《赵述岛》),把光作为切身可感的实物而不是远处的景观。另外,对光的突出,也和蒋浩诗对黑暗以及冷热的敏感有关,上述引文中可见例证。

14. 在王敖组织的一次访谈中,蒋浩声明自己对于孟子的"养气"感触颇深,认为养气是一个缓慢的过程,需要平和谦逊,循序渐进。这种慢写作的气质,其实在孙文波和臧棣身上都显著存在。"养气"并不意味着诗歌中的抒情主体有强弱之分,而是说三人都对写作对象怀有一种包容性或同情心,既不狭义地认定对象意义的单一性,又不匆忙地做价值判断。在早些年写作的诗歌中,蒋浩并没有完全践行这一点，而是经常葆有强烈的表达欲，如"一截松枝替你拟好标题／山壁落下斑驳是非"（语出《丁亥初冬与文波登首象山》）。这种表达欲，在我看来，在近年呈下降趋势——"隔着玻璃看那幽暗的室内／像贴着皮肤去听他身体里沉睡的器官／虽然我也望不远，也看不深"（语出《九月二十六日访明德学院罗伯特·弗罗斯特旧居》）。这其中的差异在于，以前蒋浩的诗想望得远，看得深，要知道"是非"；但是现在诗人早已明白自己望不远，也看不深，不太计较是非。而这种柏拉图式的"我承认我不明白"的态度，对于诗歌而言，恰恰可能是深度的真正开始之处。

15. 上述蒋浩诗中态度的转变，也不完全是从 A 到 B 的。更多的情况是，作品常常把两种态度混合在一起，隐含抒情主体的不安和动乱。《正如你所见》和近年的海洋诗系列，都可见此种风格。其中重要的一点是，新态度的产生，给蒋浩的文本添加了新层面的神秘感。如蒋浩自己所坦承的，受装置艺术和（后）现代主义的启发，他曾专注于通过词语的挤压、变形、削凿（这也是蒋浩在诗中对海所做的）给世界赋魅（事实上，陈东东、哑石等都在做类似而有益的尝试）。但随着近年来蒋浩诗歌对疏松感的追求，以及"望不深，看不远"的慨叹的深化，之前词语炼金的神秘感，慢慢被日常生活中无能为力、无法理解的那部分的神秘感代替，但这种感受又不是完全颓丧或感伤的，有时甚至带有一种甜美，比如《七曲山之夜》。在这个层面，蒋浩近来的许多作品，接近于谢默斯·希尼的作品的气质。

草木深

／育邦

育邦，著有《少年游》《潜行者》《附庸风雅》《从乔伊斯到马尔克斯》《吴敬梓》《忆故人》《伐桐》《止酒》等十多部作品，诗歌入选《新华文摘》《大学语文》及《扬子江文学评论》年度文学排行榜，曾获紫金山文学奖、三毛散文奖、扬子江诗学奖、《诗刊》社2021年度陈子昂诗歌奖（青年诗人奖）等，入选"新世纪文学二十年·青年诗人20家"，为当代中国"70后"代表诗人之一。现居南京。

麦　田

每到霜降，我们一家人
都会跑到海边的悬崖上，种下麦子

第二年芒种，我们就去收割
那些黄金般的麦子，最好抢在麻雀的前头

收完麦子的田野
只剩下坚硬的麦茬

有几个陌生人走来走去
也许他们从海上来，也许他们要到海上去

每年种麦子，收麦子
我也去麦田，只是抱着双臂

在那里看看，像一个前来观光的外人
海上来的雨会淋湿我的全身

东梓关
——纪念郁达夫先生在此居住的一个夜晚

隔岸的群山，站在
我们的生活之外
梓花开时，那只白鹭
从富春江上飞回来
秋风沉醉的晚上
果蓂带来妈妈的问候

大梦初醒，咳血的黄昏

药石与山川祛除不了宿疾

木芙蓉在黑夜里绽放
青霜指向永不停歇的江水
你沉默的少女，在微茫的晨曦中
燃烧——向你走来

头顶苍老的星辰
你留下一张字条
从瓦松反射的光芒中
重返喧嚣

青石板上，清瘦少年
藏匿在蚂蚁的阴影里
你大雾弥漫的心中
便结满了无患子

钉马掌

他们把那匹枣红马
拴在杉木做成的马掌桩上

反戴遮阳帽的男人抱着马的小腿
穿藏青色夹克的男人端来一盆清水
清洗沾染苔藓与碎石的马蹄

锤子轻轻敲击铁钉
发出清脆的响声
如同轻声哼唱的小曲，汇入
库尔代河欢腾的河谷

马儿打了个响鼻

钉马掌的人直起腰
停顿片刻，抬头看见
山头——堆积着
一年又一年的白雪

完美世界

野苹果挂在枝头，没有人采摘。
世界的构成如此完美。

云雀从冷光中飞过，
惊扰云杉固守泥土的清梦。

溪流间的灌木丛，抱着石头，
戴着黑暗的面具，独享人间食粮。

罂粟花的时刻，横木抗拒着水流。
死亡的花朵开了又谢，谢了又开。

我们如此接近苹果，却不敢伸手。
……以免摧毁这完美世界。

最快修复的

从河谷的斜坡上
我带来一把河泥，放在
玻璃瓶中
哦，还有一棵狐尾藻

从倦意的深涧中
我带来一块石头，作为
给你的礼物，把它

放在黎明的梦里

从被剥夺的故乡
我带来一朵白云，迎接
梅雨、闪电，与身份不明的来访者
在小山冈上唱起那首歌

最快修复的，是那些
反复消逝而又点燃的萤火虫
黄夜中沉默的种子
此岸与彼岸，同样发光

我认出了我的一位父亲

我从树上走下来
我认出了我的一位父亲
他阴郁，沉默
口中吐出一朵浑浊的云

我从花中走出来
我认出了我的一位父亲
他污秽不堪，满嘴淤泥
脚踩一片清澈的湖水

我从石头里走出来
我认出了我的一位父亲
他纯洁得呀，让我们羞愧
全身赤裸，双手长满了古老的苔藓

我从人群中走出来
我认出了我的一位父亲
他戴着面具与枷锁

正在表演永恒的傩戏

我从火苗中走出来
我认出了我的一位父亲
他提着一桶水
是的，他要浇灭我

豹　隐
——读陈寅恪先生

万人如海，万鸦藏林
瞎眼的老人，困守在墙角
独自吃着蛤蜊，连同黑色的污泥
几瓣残梅，从风雪中飘落
劝慰早已没有泪水的双眼

愤怒的彗星燃烧起来
冰川化为虚无的云朵
尘埃与岩石匍匐在轰鸣之中
抱守隐秘的心脏，从未停滞的钟摆
低声哼唱青春的挽歌
坠落的松果，指引他
骑上白马，驰向大海

树木，高山，种子
抛弃根茎，静候
纯粹时刻的到来
严峻的墓地，他葬下
父母漂泊已久的骨灰
和一张安静的书桌——
仅仅属于他自己

负气一生，山河已破碎
他从茫茫雪地里，拾起
一瓣来自他乡的梅花
在历史的纤维云团中
蘸着自己的鲜血
磨矽时光的铁砧
火的深处，正生长出
一个浩瀚的星座

寂静的夕阳，最后的悲悯
赋予毁灭以光芒
故乡的花冠开始歌唱
辽远的歌声中，他辨认出
自己的童年，以及
秦淮河中柳如是的倒影

草木深
——兼致杜甫

大江中，你的眼泪在翻滚。
失落的火焰，在水的呜呜中燃烧。

万壑沉默的额头，契刻
你黯淡的戎马，你熄灭的烽火。

迟暮时刻，你退隐到栎树上，
夺取帝国的草木之心。

你棕色的瞳孔，倒映着
山河故人，骷髅与鲜花的道路。

纸做的白马，你的孤舟，

缓缓穿行其间。时而停下。

浊酒之杯，放下又举起。
每一片树叶，从高处凋零。

哀愁的祭坛，一朵停云。
在头顶上徘徊，从未离去。

你从渺小的群山走出来，一直走，
一直走，走到永久那么久。

晨起读苏轼

在时光的溃败中
我们拈花，饮酒
在玉兰花的花瓣上
你写下诗句
有时，你也会写一封信
与草木交谈，用行草书写我们的梦境

雪泥鸿爪，不确定的人生
接骨木的战栗黄昏
你徘徊在蝶梦山丘中
月魄与海水，涌起相对论的秘密

溪流穿过生命的每一个时刻
风从海上来，带来你自身的悖论
无处安心的居士，在他者的故土上
漂泊，没有过去，也没有未来

看不见的客人曾经来过
而你，不得不向

这沉默的河山，归还
借来的每一粒尘埃

你手持虎凤蝶，被钉在十字架上
哦，纳博科夫的虹膜里倒映着一个诗人的葬礼
在时间的灰烬中，我们共同举杯
饮下朝云，最后一杯梅花酒

过元好问墓

遗山。雁冢。
梓树的乡愁。
荚果悬挂在风雨中，
站在村口的男孩，
手提着木偶。

国槐斜逸，墓穴炸裂开来。
一种滑稽的舞蹈。
他看到了归宿，
自我循环的恶作剧。

死亡带来的秩序亦如从前。
他的形体，空中燃烧的词语，
在苍白的时光中哭泣。
时代的孤儿，唯一的艺术家。
你歌唱了一个怎样的自我。

哦，不过是失败的真理！
请点燃一把火，
烧掉那木偶……

路德维希·维特根斯坦

作为单数的人类，你深陷于
一九一八。午后，
死亡，像雪花一样飘舞。
时间之外的骑手，驰过雪地。
重复的梦魇。
你用愚蠢的笔，
建造一座孤岛。

一望无垠，尘世的海水……
淹没砾石的爱与坚贞。
移动的坛子，装满欲望，
病毒，壕沟，以及墓碑。
在战俘营，你写下罪恶。

主啊，请宽宥肉体的软弱吧！
无数的眼睑，在黎明前熄灭。

比凛冬更残酷的……"精神的存在"。
真理星辰，孤悬在寥廓的夜幕上。
第二天，你与上帝一同醒来。
掘墓人充满劳绩，停下铁锹。
绿色虹膜中，正飞出一群鸽子。

都灵之马
——致敬贝拉·塔尔

灯油已燃尽。
马车夫朱塞佩，
用残破之唇，去吻

最后一个土豆。
然后对女儿说，
"你必须吃。"

墓碑上长出眼睛。
弗里德里希·尼采，抱着
被鞭笞的都灵之马，
无声啜泣。他说，
"妈妈，我真傻。"
腐烂的玫瑰，
散落一地。

天使遗失谜语。
未安葬的马在深夜复活。
春雪燃烧起来，
没到第七日，
上帝就死了。
她从美丽的水面来，
坐到贫瘠的松树下，
唱起属于她的
蓝色的歌。

忘筌山居

瓦罐裂缝了
而其中的鸢尾
开花了
花是蓝色的

石臼里有水
印着春山的面容
还有挤着肩膀

向上生长的茨菰

枇杷是八年前栽下的
艰难的春天
它第一次结果
结了八九个果子

窗户下的南天竹
已树影婆娑
那是我的朋友
在七年前种下的

湖石从不说谎
像我的朋友臧北一样
蹲在地上
脸上长出一棵蛇床

我们去山中
挖来一棵小雀梅
它也安家落户了
就像迷路的孩子
走回了家

司空山

立雪人，沉默寡言
从贫乏的雪夜出发
拨开尘埃与人群
穿过空地，麻栎林

枫杨的树杈指向天空
槲寄生开出米黄色的花朵

思空者跨过卷篷桥
走向群山，走向暮年

月出空山，风从云中来
司空山上，他卸下衣钵
两手空空，心亦不再思空
野马飞越真理与存在的争辩

大千世界，十万生灵
在手掌间流进流出
冶溪两岸，鲜花怒放
此岸彼岸，已无分别

夜访鸠摩罗什寺

我从西方来
我从喧嚣中来

夜雨滴落在梧桐树叶上
在汉语中，我安下一座隐秘的家

薪火只能摧毁我们的形骸
舌头终将化为舍利

我们成为自己的供奉人
供奉舌，供奉语言

不可言说的
皆密封于塔，深埋于地

无所住心者
在塔下徘徊

鸽 岛

童贞在大海的眼眸中闪烁。
你从窗帘的后面，偷窥鸽子窝，
阴郁高傲，预测生死的海的祭司。
星辰微凉，一面面死亡之镜，
与海面平行，照见了我们。
我们聆听金合欢的黄昏，
无止境地自我赞美……

永恒的赞歌，可能的美学，
充盈着鸽子的心脏。
你踩着高跷，在海的迷宫中舞蹈。
夜晚的鸽岛，成为一具开满鲜花的棺椁。
散发出墓地的芬芳，抚慰着悲哀的玫瑰。
哦，又是一个七月。
一个令人绝望的启示。

白鹿山
　　——过义马鸿庆寺

白鹿山下，每一天
都如同黄昏
时间里的傻瓜
端坐到洞穴中修行

他们拖着没有头颅的身躯
在清贫的人间走来走去
围观的人群散去
村子，一个人也没有
灰狗在阳光下睡着了

正在品尝梦中的珍馐

人们出去，又回来
在暴风雨的驱使下，他们
摧毁自以为是的偶像
然后……嫌弃地走开

过去的石头，麇集的美梦
在一片虚无的呐喊声中
走向尘土，一代又一代人
在五月的烛光中，重回黄昏

过西南联大旧址

妈妈的泪痕，沉默的战争修辞。
我们在炮火与丛林中肄业。

鲜血，石头，面包……
合欢树静默，倦怠的午后。
西山的茅屋中，
依然有一碗普洱茶。
诗人[1]赞美的土地与野花，
依然在耻辱中游荡。

我们越过树梢，
在天空博物馆中，聆听
民族弦歌的低声部，
那么忧伤，那么晦暗。

匍匐的人们在群山中歌唱。

---

[1] 诗人，指从西南联大毕业的诗人穆旦。

唯一的时刻，多么真切。

天山骑手

折翼天使骑着他的栗色小马
从博格达雪峰逶迤而下
松针铺落天山路
沿途的云朵纷纷避让
大雪纷飞的深夜
哒哒的马蹄声在幽谷中回响
他寂寞地寻找——
从他虹膜里驰骋而过的少女

哦，请不要想念我
我不过是一朵冷漠的天山雪莲
在星辰暗淡的时刻
抓住那短暂访问的彗星
上升，上升
错误的身躯，一直升到
神仙们的庙宇

骑手像走丢的孩子一般
在马背上轻声啜泣
他停下来，聆听
寂静的大海
在苍老的月光下低声吟唱

哦，请不要寻找我
我整夜漂浮在不倦死亡的湖面
我焚烧时间的床单
天山之瓮盛满尘埃和虚无
那里有一颗心灵

曾经完全属于你

见　证

墓草，覆盖了所有的遗产。
包括散佚的焚书。

附地菜，越过碎石，
点燃火烛，寒星般的存在。
轻声宣告：
另一个季节。

黑暗塔楼再度复活。
在花开的低声部。

蛞蝓从地下，捎来口信——
朋友们将在山冈上重逢，
桃花和酒，同时抵达。
最后的见证。

院　子

荒芜的院子里
某种秩序得到继续发展
青葙、榔榆与红花石蒜的形态
被建立起来
在漫长的葬礼上
我们尊重羞怯
——垂下眼睑

稻谷在细雨中颤动
我们蹲坐在门槛上

说起又一个秋天
哦，我们仅属于矿石
在空山里，在暮色中
分泌出黑色的笑声
没有任何秘密
俯身于尘埃

请　求

把原来的嘴还给我，
我要喝水。

把失落的双眼还给我，
我要巡视我的渺小王国。

把那把残破的瓦刀还给我，
是的，泥瓦匠的活计使我安心。

把愚蠢的权利还给我，
我要在梦中沉睡，永不醒来。

哦，羞于说出战栗的少女。
那是寂静的水蛀，最后的请求。

回家之路

田埂通向更纯粹的土地。你离开家门，
我在又聋又哑的旷野上走来走去。

你从灌木丛般的旧时光中爬出来，
浑身是血，战栗的眼睑紧紧闭合。

请指给我河流的方向，我的忧郁水手。
请取下我的帽子，我的死亡新娘。

黑夜救赎我们，从不曾缺席。
别担心没有柴火，星辰照亮回家之路。

逼近晨曦的黑色契约已经作废，
而我们，交给大地的只有灰烬。

这时，我变得很富有，
采摘一朵蓟花，献给你。

寂静邮局

寂静邮局，站在
海边小镇的边缘。
一只乌鸫，从屋顶的斜面上降落，
降落在绿色邮筒上。
一切喧嚣都停止了。

那封信，从黄昏出发，
从潦草的童年出发，
越过所有的大海，所有的墓地，
其实，它还没有写完……
就在不期而遇的暴风雪中，
消逝，成为自然的一部分。

邮递员送出的是谜语，
谁也不知道答案……
灶中的火焰已熄火，
土豆会在来年发芽。

我们热爱那些稀饭和咸菜的日子，
——每个人都能找到自己的庙宇。
当然包括一碗忧郁的清水，
以及我们幽蓝的面孔。

寒星透过栅栏，凝视着我们。
在那麇集而又散开的人群中，
只有你——从不开口的孩子，
才看到微弱的光芒。
但你，一直保持缄默。

摆渡人的儿子

江豚跃出水面，
像投胎的婴儿，
来到尘世间。
浪涛山丘，梵钟呜呜。
召唤他趺坐到柳树下，
像佛陀一样思索。

他是摆渡人的儿子，
生在水边。
河流教会他遗忘——
那些永不开放的蓓蕾。
残阳点燃他的双瞳，
照见复数的悲悯。

到对岸去。河水告诉他：
一切都会重来！

乱山空

黄菊花，白菊花
漩涡中，献出青春的骨骼

有一只手，我们看不见
打开房门，从门外捡起一片黑面包

褐色鸟群降临山坳
它们从墓门前飞过

春已暮，乱山空
白色种子落在歧路上

我们走过盲目的村庄
点燃月华与星辰的化城

春风挑拨琴弦，与松涛合奏
为那归于尘土的羽毛

破碎的琴声带来流水——
生与死，最后的和解

生者，化为蝴蝶
追逐飞舞的雪花

逝者，漂泊的云烟
在涧底，开花

到联盟村去

我们越过溪流
这么快，就走进生命的秋天

我们穿过金色的稻田
到群山环抱的村庄里去

我想起多年前第一次到学校去
周围都是陌生的面孔，千篇一律

像稻穗，彼此无法分辨
我紧张，与其他孩子一样

做着先生要我们做的每一件事情
站在风中，麻木地等待一场雨

走到山脚下的人工沙滩
在那里捡起一片构树的落叶

沉默的心灵片段，属于山村，也属于我
时间不多了：我们得在暴风雨来临之前把稻谷变成大米

沉默父亲

从沉默父亲身旁走过的人们，
从来都没有看清他的手。

那只手捡起过无数的松果。
从前，生起过无数的火堆。

山上人家

我们穿过荒野与雾霭，进入林间，
爬到山上的人家。

松鼠从栅栏上一闪而过。
白罂粟倾听黄昏的降临。

我们看见主人站在畜栏边，
他的额头镶上群山的余晖。

"捡起带刺壳的毛栗子吧！"
他对我们说。

在光与尘的平衡中，
我们攥着毛栗子，走进他的庭院。

这里有一株桃花，刚刚打骨朵。
一个没有春天的奇迹。

论阿什贝利的晚期风格

失眠小马，到处溜达，
捕捉上帝的踪影。

佛陀在喜树下解脱。
他的妻子和儿子一起庆祝这欢喜。

语言崩塌的黄昏，他将游戏之神
置于世界的中央。

海边的庙宇，供奉
唯一的神祇：寂静。

历史的当下性书写与再造"异境"

——育邦近年诗歌读札

/ 刘波

育邦一度认为艺术与写作是和世界的某种对抗，这种来自内心深处的反叛，让他在很长时间里将写作作为人生前行的内在动力，因为一旦丧失了对抗精神，真正有难度的写作就不再成为可能。读育邦的诗，我会很自然地想到哲人尼采，尼采希望能在自己身上克服他所处的时代，这是一种愿景和理想。然而，时代的变化也会如影随形地重塑作为个体的自我，这一过程是动态的，一个诗人无法固守稳定的秩序，只能在不断的变化中寻求与诗的对抗与和解。如果说在自己身上克服时代是双向的，那么这种互动也可能会改变诗人和诗歌的关系，它们在某种意义上是相互成就的。同样，育邦这些年的诗歌写作，不仅在文体层面获得了难度意识，而且他的写作实践超越了简单的经验复制与模仿，从而完成创造性意义上的新变。尤其是最近几年，他还在摆脱写作上的"中年困境"，"有时候，我是一个一挥而就的作者；但更多时候，我踟蹰不前，甚至不知道到底是先迈左脚还是先迈右脚"（木朵、育邦《别裁伪体亲风雅》）。在选择的艰难中，他又时刻面临"中年变法"的考验，标准和尺度的挑战构成了诗人在中外古今的多重维度中调适自我处境的生命场域，而且这些困境又反过来强化了他对模式化写作的不信任，他需要再造诗歌的"异境"。

如同鲁迅"走异路，逃异地，去寻求别样的人们"一样，育邦一直钟情于隐秘的抵抗姿态，但他没有以极端写作姿态标榜先锋立场。相反，他的诗歌更像是温和的人文主义写作在当下的某种变体，这种写作不是为了宏大的政治启蒙与伦理救赎，而是"词与物"所对应的"诗与思"的创造，其承担意识内化在了创新现代汉语的精神自觉中，因此显得更为内敛和厚重。在拒绝轻浮的写作中，育邦并未陷入历史的颓荡之中，他曾热衷于读经，但这些古意不是考量他的文化底蕴，而是其驾驭意象与节奏的心智。在技艺的展示中，育邦有着隐性的对"术"的理解，他也许更看重的是诗之"道"，然而道术之辨不是诗人在诗歌中要解决的问题，他只是致力于如何利用经验与想象来实现对诗的转换与表达，这一转换中包含着诗人对日常之物事的澹然超越，这一表达中包含着诗人对于世界万物的深情凝视。

在育邦近年的写作中，无论是以回望历史的方式向传统致敬，还是通过阅读经验的深度打开来终结青春写作的稚嫩，他的对话性都透出了对人世命运感的深切呼唤。就像他不断地在历史叙事中寻找诗的当代逻辑，这种综合性审美真正构成了诗人中年写作最真切的现实语境。也许不同的文体影响了育邦的诗歌认知，他沉入对故事氛围的营造，这似乎比单纯的抒情更有力道。《麦田》《东梓关》《钉马掌》《摆渡人的儿子》《到联盟村去》等诗，皆是经验与虚构的双向建构，在这些诗作中，虽然育邦诉诸虚构和想象，或者以间接经验入诗，但他都会将自己放进去，这种代入感也是对现实和历史的另一种记录。比如《我认出了我的一位父亲》看似一首抒情诗，实则更像是对某些熟悉场景的异化，从不同的视角看待父亲形象的出场，会令人想起多多的经典诗歌《我读着》。同样是对父亲这一形象的诗性拓展，育邦诗歌中折射着不同的父亲形象，其幻化出的场景既像是寓言，又不乏童话色彩。我们读出了不同背景中的父亲，其隐喻性也依靠直觉达成了对一场成人谣曲的戏剧化呈现。

从育邦这些带有寓言色彩的写作中，我们能感知到他抵达经验深处的冥想之意，这不是单纯的天马行空的幻想，而是基于某种契约精神的话语实践。他对各种经验进行提纯之后的移植与挪用，就是在进行一种"诗的发明"。育邦处理经验的方式，更多时候溢出了想象的边界，让经验的创造性转化变得更加微妙，并给予词语组合以诗性的丰富和精彩。"一方面，诗歌来自无处不在的生活经验、不断上涌的回忆、行走的足迹、想象甚至梦境；另一方面，还要求它不停地偏离生命航道，探寻那些晦暗的地带，进行所谓超越的活动——试图摆脱重力的白日梦。我一直以来的诗歌写作就支持这些说起来正当但又虚幻的理由。"（育邦《我的诗歌札记》）正是在这种诚实的自我认知中，育邦的人生与阅读体验在诗歌中通向了一条变形之路，既有着尘世生活的血肉丰满，又有着出其不意的语言快感。也是在这个意义上，他的诗虽然立足于具体的历史和现实，但总有一种空灵的虚幻之美。他不是在对具体史料进行现代汉语转译，而仍然是出于对自我心灵的服从，即便在效果上有时不乏浪漫主义之风，但这是诗人严肃思考的语言创造。

此前，育邦发表了一组诗歌，名为《凭吊或怀古》。在这组诗中，他进入陆九渊的内心，代他重新理解自我和时代的关系；他过青云圃，谒八大山人墓，再度想象画家朱耷的艺术和精神世界；他与诗人朋友们过霸王祠，夜游如方山，在一种时空地理的维度上体验历史的深邃之感。育邦之所以写下这些与历史相关的"传统"，不是要"发思古之幽情"，而是力图达到"我有别于我自己"（育邦语）的审美境界。他写自我时，也尽力剔除过于熟悉的那一部分，给我们一种陌生化的印象；而他书写那些历史人物时，也自然地进入他们的内心，回到他们当时所处的生活现场，以还原的方式去体验角色的时代之痛。

在《豹隐》一诗中，育邦以副标题"读陈寅恪先生"表达了自己的阅读感受，这种通过阅读入诗的形式所延展出来的独立知识分子的高洁品质，更多时候我们会在感同身受中来领悟诗人敏锐的洞见。"万人如海，万鸦藏林／瞎眼的老人，困守在墙角／独自吃着蛤蜊，连同黑色的污泥／几瓣残梅，从风雪中飘落／劝慰早已没有泪水的双眼／／愤怒的彗星燃烧起来／冰川化为虚无的云朵／尘埃与岩石匍匐在轰鸣之中／抱守隐秘的心脏，从未停滞的钟摆／低声哼唱青春的挽歌／坠落的松果，指引他／骑上白马，驰向大海"。育邦代陈寅恪回到了历史现场，那些日常细节和心理活动，都随着词语和意象的融合汇成了一道生命之流定格在了历史的瞬间。诗人与一位学术大师进行对话，他们的心心相印是源于时代的疼痛感，无论是公共的感时忧国，还是个人的凄凉晚景，皆如冬天的残梅那样"从风雪中飘落"。如果说诗是写给灵魂相通的人看的，那么育邦和陈寅恪之间更多的还是知识分子的惺惺相惜：育邦在阅读中向陈寅恪致敬，而又以诗歌的方式奔赴更幽暗的人性空间。这既是知识分子的风范体现，也是一种精神人格上的镜像，在此，陈寅恪如同一个人格的参照，在诗歌中投射出了一种孤傲的风度。"负气一生，山河已破碎／他从茫茫雪地里，拈起／一瓣来自他乡的梅花／在历史的纤维云团中／蘸着自己的鲜血／磨砺时光的铁砧／火的深处，正生长出／一个浩瀚的星座／／寂静的夕阳，最后的悲悯／赋予毁灭以光芒／故乡的花冠开始歌唱／辽远的歌声中，他辨认出／自己的童年，以及／秦淮河中柳如是的倒影"。陈寅恪负气一生对斜阳，时代在他身上留下的烙印，此时都化为了一种风骨的象征。育邦以影像式的叙事画面还原出了一个时代受难者的形象，他是坚韧的，也是通透的，诗人为其赋予了更阔大的勇气和胆识，也为他不屈服的人格增添了"孤勇者"的情感基调。

在育邦的历史书写中，知识人多是孤独的，他们虽然打破了一些观念的束缚，但终究又为自己的声名所累。在诗人笔下，陈寅恪是一个有着自由主义精神的知识分子形象，而在《草木深——兼致杜甫》一诗中，育邦与杜甫的隔空对话，更显出了伟大诗人独立于世的庄重。育邦的书写是生动的，"迟暮时刻，你退隐到栎树上，／夺取帝国的草木之心。／／你棕色的瞳孔，倒映着／山河故人，骷髅与鲜花的道路"。在这种倾诉式的对话中，古今两位诗人的内心是相通的，也可以说，育邦走进了杜甫的内心，成为他的一位朋友。他在描绘杜甫，同时也在理解杜甫，一种至为亲切的语调构成了现代与古典交互运行的境界。诗人还原的不仅是一位诗人体悟时代的形象，同样也有他以现代眼光审视杜甫的"重新发现"。在献诗中，这种凭吊关联于历史的纵深感，诗人选取的视角更为独特，他既有超验的维度，也不乏在地性的体验。同样是阅读和致敬，育邦在陈寅恪和杜甫身上发现了另一个自我，而他对于苏轼的认知，也是先将自己置于其中，以达到某种灵魂感应之效果。"在时光的溃败中／我们拈花，饮酒／在玉兰花的花瓣上／你写下诗句／有时，你也会写一封信／与草木交谈，用行草书写我们的梦境／／雪泥鸿爪，不确定的人生／接骨木的战栗黄昏／你徘徊在蝶梦山丘中／月魄与海水，涌起相对论的秘密／／溪流穿过生命的每一个时刻／风从海上来，带来你自身的悖论／无处安心的居士，在他者的故土上／漂泊，没有过去，也没有未来……"（《晨起读苏轼》）在后世很多人看来，苏轼是一个接近于完美的成功者形象，一个文人的标杆，无论是诗歌，还是书法，包括美食，在一生的颠沛流离中，他完成了他最好的诠释。然而，育邦将苏轼放到了当下的时代境遇中，他看似在写苏轼，写他的人生片断和所思所想，实际上，他也是在写自己，写作为个体的诗人如何理解苏轼，怎样重塑一个经典诗人的形象。育邦以现代眼光重新打量苏轼，并试图充分激活经典诗人在当代的潜能，然而，他也真实地再现了苏轼一生所遭遇的困境和人生悖论，因此，整首诗还是弥漫着感伤的格调。就像诗人曾经道出的方法论："我试图在世界的微弱悖论中抵达某种诗歌美学。"（赵汗青、育邦《"飞越真相与存在的争辩"——赵汗青对话育邦》）悖论的存在更多时候是一种律法，依循这样的原则，诗人可以在悖论中找到诗性的微妙与弹性，而具体的历史也可以汇成抽象的诗歌图景。

当育邦沉于经史之中，他对于各种经验的转化，确实伴随着感伤的悲剧性力量，那些相对沉痛的笔调并非消极所致，而是诗人要在超验的写作中探索历史的未知与可能。他形容苏轼漂泊的一生"没有过去，也没有未来"，但他又不是孤悬于时代之外，他只是选择了"活在当下"。从这个角度来观照育邦的诗歌，我们也会发现，他将历史与未来同样赋予了"当下性"，或者说在每一个历史人物身上都留下了"我"的影子。这种寻找历史当下回响的写作，对于育邦来说，也内在于一种特殊的诗歌生产机制，即在历史遗迹和经典阅读中对人与事进行现代性的"改写"，重新打造当代的语言奇迹。"死亡带来的秩序亦如从前。／他的形体，空中燃烧的词语，／在苍白的时光中哭泣。／时代的孤儿，唯一的艺术家。／你歌唱了一个怎样的自我。"

（《过元好问墓》）在观看历史遗迹之后，诗人并没有如实地进行景观描绘，而他有着自己的"风景之发现"，那就是对观看经验的变形处理，它关联于诗人跨越古今的精神之旅。育邦经过元好问墓之后的有感而发，同样是回到元好问这个历史人物中，以现代角色替换的形式为古典诗人重新作传，这是一道内心的风景。育邦钟情于历史遗迹的诗性考古，很大程度上在于他儒雅的文人情怀，尤其是对历史的重返有一种总体性的把控，而且保持着长久的持续性关注和研究兴趣。

正是在风景也趋于历史化的时代背景之下，育邦的诗歌所呈现出的大气象，就有了厚重的精神基调。比如他对于司空山的书写，就带着某种宗教般的虔诚与敬畏，"月出空山，风从云中来 / 司空山上，他卸下衣钵 / 两手空空，心亦不再思空 / 野马飞越真理与存在的争辩 // 大千世界，十万生灵 / 在手掌间流进流出 / 冶溪两岸，鲜花怒放 / 此岸彼岸，已无分别"（《司空山》）。他虽然在写一座山，最后仍然回到了人，回到了对历史与现实中的人之理解。其心性之语具有了教化的力量，如同他感叹真理与存在之争辩，这种争辩更多时候是无解的。当然，育邦也并非刻意要去解决这样的无解之问，他之所以抛出此一问题，还是因为他对历史与现实所抱有的复杂态度。也就是说，他不想在诗歌中简化对时代和历史的理解，但他又警惕自己滑向虚无主义。就像他在《夜访鸠摩罗什寺》一诗中所言："薪火只能摧毁我们的形骸 / 舌头终将化为舍利 // 我们成为自己的供奉人 / 供奉舌，供奉语言 // 不可言说的 / 皆密封于塔，深埋于地"，不是什么都可以说出或必须说出，我们其实要保持更高的沉默，而诗的表达也可以是沉默之一种。从这方面来看，育邦的诗歌拒绝观念性说教，他愿意用更生动形象的语言来召唤出某种天真的力量。

在历史考古与当下经验的相互转换中，育邦的诗歌写作逐渐获得了富有历史感的风格的确立。"永恒的赞歌，可能的美学"（《鸽岛》），用他自己的这样一句诗来形容其写作，也许更为恰当，他在自己的诗歌之道上写出了一种宇宙的秩序感。无论是写静态的历史，还是针对动态的当下，他都希望能获得存在的真相，这种真相也包括语言的位置。"妈妈的泪痕，沉默的战争修辞。 / 我们在炮火与丛林中肄业。// 鲜血，石头，面包…… / 合欢树静默，倦怠的午后。 / 西山的茅屋中， / 依然有一碗普洱茶。 / 诗人赞美的土地与野花， / 依然在耻辱中游荡。"（《过西南联大旧址》）育邦虽然在此诗中化用了诗人穆旦的经历，但这只是一个背景和参照，他最终还是回到了对当下经验的审视中，这才是更有力量的书写。他的观看之道立足于见证和想象，有时也以跳跃性的语调来建构独属于自己的诗歌场域。"墓草，覆盖了所有的遗产。 / 包括散佚的焚书。// 附地菜，越过碎石， / 点燃火烛，寒星般的存在。/轻声宣告：/另一个季节。//黑暗塔楼再度复活。/在花开的低声部。//蛞蝓从地下，捎来口信——/朋友们将在山冈上重逢，/桃花和酒，同时抵达。/最后的见证。"(《见证》)诗人所言的见证是基于日常观察和思考，它不是纯粹的词语的想象，那种无根的写作因缺少真情实感的介入而变得苍白，育邦时刻避免自己陷入空洞的说教，他将见证的写作变成了诗歌历史美学的一部分。

　　由此观之，育邦富有现代性的历史写作抵达了某种当下性，他没有拘囿于历史的限度，而是为历史书写打开了一扇通向当下时代的大门，并赐予其哲思性的力量。不管是书写日常生活，还是返回历史过往，他都在寻求不同的方法，"诗人需从时代的日常情境中跃升出属于他自己同时也属于其时代的'异境'"(赵汗青、育邦《"飞越真相与存在的争辩"——赵汗青对话育邦》)。此时，我们回到文章开始提到的"异境"，也许能够更清晰地理解育邦何以强调写作的异质性，他对于"异境"的回应与实践，皆与他在现代性视野中所遵循的人文传统和崇高精神有关，这是一种写作上的自我觉醒。在这样一种美学共识中，育邦的新人文主义写作不是对古典的回返，而恰恰是以打通历史的方式所进行的现代性再造，这于诗人来说，既是美学的旨趣，也是为人生书写的内在动力。

狄东占　绘

《齐鲁文明图鉴之八》

36cm×48cm

纸本水墨

2022 年

组章

关于二十一世纪的诗

/ 吉狄马加

一个人和无数个人的昭觉

他们叫它妮姆昭觉
据说是一句彝语，
那个小城
好像原野上的积方，
我的铁环滚动在
街道上
发出清亮的声音。

我看见赶场的人
围坐在地上喝酒，
我不知道他们在说什么。
傍晚时，总能看见
一两匹马在四处转悠
它们的主人喝醉了。
我经常一个人跑到
十字路口
去看商店里透明的柜台，
橱窗里陈列着
能打子弹的塑料枪。

听父母说，
这是一座新城
过去很小，于是我
也学会了
在作文中这样写：
过去这里是
一人点灯全城亮，一家
炒菜全城香，
而今天的幸福生活
来之不易，
到处能看见，新建的
学校、医院和商场。

我不知道，
时光会不会有错置
颠倒的时候，
那个在小城外河里戏水的儿童，
那个在疾风中皮肤黝黑的少年，
那个双眼在金色的阳光下
开始冥想的沉思者，
那个人——是我吗？

我曾涉过山边
所有清澈见底的小溪，
我看见过
成千的蜻蜓
在落日时连接成风的形状，
那样的奇迹，
后来我从未见过。
我躺在山冈上，
看见过鹰变得越来越大，
慢慢地，又越来越小，

最终隐没于无形。
我知道这片土地，
为什么是鹰的领地，
但这个秘密我从未
告诉过别人。

烤着红红的木炭
听父亲说
每年冬天故乡过年的时候，
大雪会遮蔽道路，
人们围坐在一起
就会让你想到
夏天发生过的一切，
往往在这个月份，
那些山里的亲戚就要
背来过年的猪肉。

那时的冬天多么漫长，
谁的口弦
在昏昏欲睡的火塘边，
弹拨着莫名的忧伤
那些浸入骨髓的调子，
妈妈的低吟
让我们在黑暗里
捂着脸落下灼热的泪。

我在普诗岗托丢失过草帽，
但宝石般的星光，
却让我在洒拉地坡的河水里
目睹了沉稳高贵的力量，
而这一切告诉我
在我们的服饰上，对立与统一，

为何犹如燃烧的火焰和深邃的夜空。

我曾探望过你，
我的小城，
你变得越来越新，
站在城北更高的地方
不知什么原因，
我忍不住潸然泪下。
在传统与现代的
肋骨碰撞之后，
我与你都是这个世界
两块磨石间的谷粒，
你听，轰隆隆的声音
多么响亮，
正在改变一切。

诗人之责

他们说诗人应该做些什么
像一个网络或电视上的红人
比娱乐明星更惹人关注
抑或将他人的声音
变成自己的声音
成为传声筒。
他们说今天已经读不懂
诗人的诗
（据说李商隐曾有过
这样的遭遇
此种争议还喋喋不休）
他们说
读诗的人已经很少
过去读诗的人真的很多吗？

是极少数里的
大多数
还是极多数剩余
的那部分
事实上诗一直在寻找
不多的
志同道合者
从屈原到莎士比亚
从里尔克
到卡瓦菲斯
这些文字的结晶铸造了
属于他们的夜空
那些孤独的星星
照亮了我们。
诗歌是灵魂的低吟
但也必须承担
维护正义的风险
如果诗人的责任
遗忘了创造语言新的可能
忘记了生命
和悲伤
失去了自我
如果这一切都成立
无疑就宣布了
诗歌的死亡。

在现实与虚无之间的石头

——写给雕塑家吴为山

从现实出发，你的手和身体
是这个世界不可置疑的存在，
是你的想象在未知与可能的地方

对另一个实体所进行的并非逻辑的冒险，
你不是为欠缺在弥补时间留下
的空白，那是自由的意志
让你在那一刻成为无冕之王，
不是为了在古老的实证之前
获得所谓真实廉价的肯定，
不！从一开始你就给我们带来了
不一样的东西，
你在那个属于你的纬度，属于你的
目光所能覆盖的那一处空虚之地，
触觉告诉了你，同时也告诉了我们
你的双手其实已经握住了它，
这不是概念的意象，当然也绝不是
理性所能直抵胜利最初的起点，
固然对事物的认知
会反复投射于主体的作用，
尽管你已经将唯一的形式命名。
你命名它叫地球的村落，给不同肤色的人类
创造了一个又一个既属于自我，同时也
属于公众的，崭新的
不可动摇的部分。
选择不同的物质，无论是铁，是铜
还是那些能通灵的光滑或者粗糙的石头，
你如同一个相信万物有灵的
原始部落的祭司，
你让他们获得了生命，
并奇迹般地在内部注入了灵魂。
不是你复活了他们，复活也许永远是
造物主的事情，
但可以肯定是你创造了他们
在创造中用魔法的语言
唤醒了他们的身体和心灵。

你在寻找一种平衡，在东方和西方之间
在隐秘的写意与骨骼的教科书之外，
这是一种修炼，否则，你就是别人的翻版
你在构筑一个城堡
那里有你的星星、窗户和蓝色的穹顶，
因为你看见过大海
所以你知道，这个世界不同的船如何构造。
一个匠人和创造者只有一个区别
就是创造者不能重复自己，
词语搭建了诗歌的圣殿，而你的手
却在增减虚与实的玄幻时
让微观的幕布上嵌入了不朽的钉子。
从你的眼睛里，从你的双手在不同的空间
告诉过我们的一切，
你已经脱离了那些技艺，这并不是说
在某些层面上你们完全不同，
而是你更像一位禅师，
悟到了什么才是真正的东方。
你在中国书法绝对意义的抽象里
获得过神赐一般的真谛，
这并非是不能示人的秘密，
而是你在获得的过程中经历了
常人没有过的火焰与孤独的洗礼。
东方的抽象，从来就要高于西方
他们的哲人其实早已经看到
抽象的本质就是黑暗中的光，
它存在于线条里，隐没于黑与白的分界处
潜入那刀削的块面，
在无意识滚动的墨迹的那边
风的影子永不消失。
如果没有这些精神的基石
天人合一的老子，就不可能站在

东方的高地上问道天地，
而那个憨态可掬的睡童
也才可能让凡是看见过他的人
都相信人类的童年多么的美好。
卡尔·马克思当然没有死亡，在这个世纪
他又跨越了资本的障碍和人为的陷阱，
当我们看到他以金属的厚重
再一次打量这个世界的时候，
真理可能在某个时候被枪杀，但总会在
无处不在的光来临之时再获新生。
每个时代都有站在队伍前列的人，
责任和使命会选择他们，还会让他们去
迎接风暴，在接受赞美的同时
也还会面对命运的种种挑战。
我的朋友，你是东方的代表，
我说过，你已经是这个世界的一部分，
为此我们只能站在更高的地方
接受风的吹拂和时间的暴力。

献给吉勒布特黑绵羊的颂歌

黑色的绵羊，你的家族
充满了久远的
传说和今天的故事，
在古老的典籍和祭司的经文里
你的名字从未缺席，
在史诗的每一个部分
被反复引用的谚语的核心
你的存在，毫无疑问
已经在我们的意识里，谁也
无法将它抹去。
但是我今天仍然想作为

你忠实的朋友

为你奉献一曲颂歌，并成为

后来者的一员，

尽管我的琴弦才刚刚苏醒，

火焰与烈酒

还没有点燃我的喉咙。

先报上我的名字吧，

吉狄·略且·马加拉格，

来自达基沙洛，或许你有过耳闻，

古侯[1]最显赫的部族曾在

这里扬鞭策马，

我们只知道第一，不知道第二。

据说今天的诗人

已经无法面对万物抒情，

不！我就是一个特例，

那是因为我精神和现实的故乡

还没有遗忘她的游子，

她仍然在那里，为一个诗人的

到来而欣喜若狂。

我知道你们会问，她的眼睛

是否失去了往日的清澈，

她的额头被太阳的光

切割成无数碎片，在传统与现代之间

那一双手，是不是仍然紧紧地

握住口弦，

我会告诉你：是的！

黑色的绵羊，

我的先辈追溯过你的起源，

他们告诉我

[1]　古侯：彝族历史上最著名的部落之一，据记载凉山彝族均为古侯、曲涅的后代。

有一只透明的鸟儿
看见过无数动物的迁徙，
或许不是它发现了你
而是那只黑色的乌鸦
在被惊吓后，才看见了
一群闪着银光的野羊群。
那是你第一次现身的地方
曾被我们的创世英雄命名，
支呷阿鲁[1]的神箭
从四个方向都落在了此地——
鹫图木古[2]，大地的肚脐，
神人阿普阿萨[3]
从这里把一群野绵羊：
赶回了家。
古老的盐啊，动物舌尖上
至死不忘的记忆，
穹顶上的银扣子
粮食中黑黝黝的荞子，
你让黑绵羊的皮毛发出了
只有子夜才会有的油亮的光，
你让白羊成为云朵的
另一部分，在剪羊毛的节日
迎接过太阳的抚摸
与纵情！
从此在我们古老的
文献和说唱里，
对你的赞美和爱就没有停止。
难怪在我们的词语中，

[1]　支呷阿鲁：彝族传说中的创世英雄。

[2]　鹫图木古：彝族传说中大地的中心。

[3]　阿普阿萨：远古时期的一位神，后泛指毕摩的守护灵。

为了形容你的高大与肥壮，
眉头油九叠，鼻梁褶九层，
角长有九庹，趾甲厚四层。
为了颂扬你的威仪和风度，
牙齿的纯白犹如劈柴的内核，
眼珠的晶莹如同玛瑙的幻象，
我不知道在别的语言里
能否准确传递出它的含义。
哦，黑色的绵羊，你来自天上
是云和雾的相遇
让温暖的雨水滋润大地，
第一只羊羔没有父亲，
它的胎盘是水的聚合，所以
我们相信并且从不怀疑
羊是天神最慷慨的馈赠。

黑色的绵羊，
《勒俄特依》[1]记载过的地方，
你厚实的脚趾都踩踏过，
为了选择祖居地，
曲布笃慕[2]抚摸你弯曲的角，
你咩咩咩的叫声
飘浮于茫茫的群山之上，
只要听见了你的吟唱
袅袅的炊烟，就会告诉原野和天空
那里是诺苏生活的疆域，
柴火有松脂的清香
水瓢里会舀出鱼儿，
你见证过七代宝剑在何处闪光，

---

[1] 《勒俄特依》：彝族一部古老的经典史诗。

[2] 曲布笃慕：彝族历史上的领袖人物，也被奉为人文始祖。

你看见过八代骏马，当然还有
它的骑手如何成为不朽的传奇，
你聆听过九代德古的演讲
他们的母语掷地有声。
你的谱系更是名不虚传，
双舌的约呷哈且[1]，让它的声音
最终铸造成了不朽的词语，
它的叫声，让黑云变成了黑羊
白云变成了白羊，
对歌手和诗人而言，这不是隐喻
而是声音与火焰的胜利。
哦，黑色的绵羊，从一开始
你就是我们部落重要的成员，
无论是生与死——
你都和我们的命运在一起。
是你给了我们温暖
当那些稳重的长者落地而坐，
剪毛刀便从你的身上
接纳了你奉献的礼物，没有你
还有你那些白色的嫡亲，
我们祖先创造的美就不会
成为一种纯粹的范式，
披毡、擦尔瓦、毡子、坎肩
以及那种五张羊皮缝制的披风，
多少年来，既是我们战胜
严寒的武器，
同时也是我们穿在身上的
处于自我状态时的语言。
你的原色质朴厚重，我的母亲
离开这个世界的时候

[1] 约呷哈且：彝族历史上一只有名的绵羊，因长着双舌而闻名。

身上盖着的就是双幅的披毡。
无论黑色还是白色的羊毛，
你的柔软和质地，始终是
一个山地民族
在不同的方言区，以太阳的名义
创造颜色和图案的基础。

黑色的绵羊，
你有植物的颜色，但你比
它们更具有风的柔性，
你的身体一旦穿过白昼
就会变成夜色的底座，
你骨骼的结构，是星星和神枝
在现实中的重现，
也因此，在献牲赎魂的仪式上
你首当其冲
在吟诵经文的光芒中牺牲。
没有你的婚礼会遭到质疑，
你身体的每一个部位，都能将
新娘的魂魄带到火塘的领地。
唯有你在老人断气的片刻
被一双手捏死，成为他们
灵魂的引领者，
哦，在通往莫木蒲古[1]的路上
每一个魂灵的身旁
都有你在紧紧跟随。
羊胛骨的纹路，你预言了凶吉，
在鹰眼和羊眼对视的刹那
真相暴露于侧裂的骨面。
当然，你也让我们在面对

---

[1] 莫木蒲古：彝族人认为的灵魂归属之地。

生死的时候
也遗忘过内心的隐讳和恐惧，
那是火的节日，所有生命
自由绽放的时刻，
无畏的公羊，为了主人的名誉
以及黑色和山风的尊严
展现了一贯的高傲和勇敢，
即使头破血流，也要决出胜负！

哦，黑色的绵羊，
你在不同的
年龄有不同的称谓。
约洛阿洛是我们赠给
所有黑色公羊的美名，
当一只新公羊来到这里
我们会亲昵地叫它约史巴，
而对漂亮的黑脸母羊
我们会把约莫波洛这个
好听的发音与它连在一起。
在我们的谚语里，你是
财富的某种体现，
而更重要的是，你给我们的
恩惠超过了任何一种动物。
黑色的绵羊，时间
深处无法接近的燧镜，
子夜遗忘的铁
颜色里最神秘的部分，
不是语言的斧子
闪光之后的矿石
而是词语不可知的暗。
是眼睛感知的
第一次色谱，除了白

就是你，
是光加重后金属单一的比例，
是宇宙被抽象的表面
凸起的比黑更黑的东西，
不是光，是光的背后
唯一永恒的存在。
你今天仍然活着，
我们感激你，在这个星球，
无论我们遭遇过什么
你都不离不弃。
黑色的绵羊，我不是
第一个为你献诗的歌者，
我对你的赞颂仅仅是
一个刚刚开始即兴的片段。
每一位尊敬的听众和客人，
如果你们还想聆听
我后面的吟诵和歌唱，
那就跟随朦胧的酒意
以及坦荡的吉勒布特高腔，
跟随黄昏的情话和山顶上
正在顽皮眨眼的那些星星，
到达基沙洛来吧，我等着你们。

（选自《十月》2023 年第 4 期）

仍然会为生命的馈赠激动

/ 津渡

公 园

果子在枝条上越来越瘦
婴儿越来越肥
扫树叶的人在蚂蚁洞口，点燃了一堆篝火
一个侧身盖着报纸睡觉的流浪汉
更加贴近报纸中缝的讣告
两个迟迟不愿回家的老人，转悠着
他们想再看一看大地上，冷漠的余晖

林 木

一棵树挨着一棵树，一棵树挨着另一棵树
像一群盲人站着，伸出手臂
摩挲着对方，附耳低语
有时候，也许会是另一种情况
需要更加耐心地辨认，抚慰
即便它们相距遥远，也能从转动的日晷与阴影中
感知彼此的存在

时　光

一整天都为雨所困，眼前掀不尽的重重帘幕
厨下的土豆生了芽
百里之外，最后一次台风即将来临
无所谓的庸常
我幻想一匹白马，不用学会敲门，踏过苔阶
铃声叮当地走进来
站在台灯底座，伸长脖子吞吃火焰

清　晨

繁星流泻未尽
山峦与无限的葱茏，已经就着曙色书写
宇宙在某一时刻创造的圣迹
被我的眼睛重新创造

这溪水、鸟鸣，苍蝇薄翅上掸去的露水
崖壁间苔痕的绿火，浮漾的微风
初生的叶芽在清晨缝合的寂静
丰富得令人惊讶，但不承担任何意义

四十三年过去了
我仍然会为生命的馈赠激动莫名
就像一朵云偶然停经山谷
千百枝木香花头攒动，颤抖着回应

苔　藓

我多么想领养那片苔藓
到河滩上采石的人，铁锹砍下的那道白印子

深深地留在我心里
那曾是花头垂下来的绿毯，夏日里
龟之腹的憩息所
我的整个荒芜的人生，都需要那片绿、清凉的抚慰

寄　居

窗台下的甘蓝，心窝里顶着一堆沸水
篱墙上的瓦罐里
有半角凉月亮
牛羊，猪啊，鸡啊，它们的灵魂
在干草堆与木栏间安息
灯光从墙缝里缩回去
一对老夫妻迟迟没有入睡，他们说起明天
要收菜，杀鸡，赶集，买回两袋水泥和一只风筝

凉水河
——致高岭

名字符合心意。
对于整夜沸腾，清早平息的蛙鸣
对于黎明前的闪耀，漫天繁星的消逝
对一季愤怒开放的花朵和一夕散尽的烟花来说
都是如此。

种种隐喻冲刷倒伏的水草，河面上的伤口
拉得更长更深。
当大鱼深陷在泥沼之中，用松木桩子上的树皮
和煤渣磨砺牙齿，喋喋不休的布谷鸟
却在岩浆冷却的废墟上回应。
但那不是全部。

河水的下方，还有一条暗河
日子下方，也有一条暗河
有时候，它们恰好在掌纹下交集。
在深处，河水从来都是冰凉的
这才是命运。

房　子

每天夜里，我都无法安静
我的房子里
绝不是一个人，闭着眼睛
我也能看到泥瓦工在墙壁上粉刷
木工们在赶制柜子
或者椅子，我的鞋子
皮匠们鞣着皮硝，钉着扣眼
那些衣服，总有裁缝们
拿着皮尺和粉笔
他们静静地裁切开来，又仔细地缝合
夜里，甚至每一本书
里面都趴着一个写作的人
……房子拥挤，挤满了人影
我打开灯来
电工们突然消失，管道工
顺着弯曲的水管走远
只有一个人，拿着一把网子
把时钟的滴答声
还在不停地捞起来，又漏下去
但是我看不到他
我想了很久，记不起来我在哪里
我都干了些什么

（选自《草堂》2023 年第 5 卷）

两只鸟鸣

/ 庞培

梦　境

在大雷雨中骑马
有没有可能
马背允诺人步入颠簸的深山
湿漉漉的雨水从森林鬓发丛生的
额骨垂落下来
大雨的一绺绺的发辫四处散落
闪电照亮马蹄踩踏进湍急溪流
把重心稳住的瞬间
我骑在马上
听着尘世的音乐
浑然不觉四周的黑暗

很多天没见的长江

很多天没见的长江
在我的手机上滑动
天黑后的江面，在房子里停滞
一个看不见的少年穿过花园
发出清脆的叫嚷
啊，江堤灰蒙蒙，生命美丽无常！

一生那么漫长的江水
隔着夜晚遥遥的银河般
使我的手臂够不到你
一串串航标灯就像母亲当年的珍珠纽扣

在大江两岸闪闪发亮
我只能面朝着一盒烟
把我的面孔凑近你

黑沉沉的水流
像缓慢转动的绞盘机，上足了机油
把夏日星空和凉爽往高处吊装
长江的神秘园密密匝匝
船只南来北往，如同水面穿梭
枝头垂落的果实

手指在屏幕上滑动来关机
很多天没见的长江
仍旧见不着
这期间我去了趟卫生间，熄灯
准备睡觉
仿佛在失事船只的船舱里
在颠簸暴风雨的风浪的独木舟上

两只鸟鸣

我知道，人类所有的发明
任何的智慧，机械、圣殿、英雄业绩
包括战争和登月，毁灭与
建树，统统逾越不了这个：
就在我的窗外，两只小鸟追逐打闹

啁啾、嬉戏，发出一连串的柔和振动
随即静止
把空地上的清晨那种寂静
环绕在爱人或失去的爱周围
没有看见树
几乎感觉不到一丝风
——新的一天开始了

风　声

整个夏天没听见风声
现在风声来了
房间安静下来
仿佛在聆听
空气凋零的光线
我坐在椅子上
很长时间没再听见什么
但胳膊变凉
嘴巴发苦，目光游移
好像身体的一部分开始枯萎
记忆冒出枯枝败叶
而风不知道去了哪里
风把我吹成了世上的一个陌生人
一部分的我已经跟着它走了
我摸了摸自己紧张的脸
却一下子摸到了杂草丛生
我坐着不动
风在四下里走动
风已代替我出门
突然我听见我自己
我已远离这个秋天晴朗的日子

我的孤独如此过分

/ 苏浅

秘密：我有从春天开始的日子

我有从春天开始的日子
花开时无声

我有一个下午的寂静
在枝头。整个五月都被花开满了
只有我有
一点孤独

我的孤独如此过分
不能与人分享

秘密：我有随风而逝的日子

我有随风而逝的日子
多么自然，只是呼吸之间
蒲公英开了
又落了

我喜欢它薄雾一样的花蕾
阳光中的轻

我喜欢我是苏浅的时候
除了一首诗
什么都不需要

秘密：我有不曾相见的爱人

我有不曾相见的爱人
我有许多夜晚。夜晚穿过我们
夜晚起伏不定
只有同时感受过黑暗的黑和
月亮的白的人才能这样平静
才能在这无垠的
天地之间出生入死
并保持我们之间的
——距离——

这距离仅容纳
一声再见。我们说再见时
我们是两颗星星

恒河：落日

黄昏，看落日在暗中点火
看它烧着烧着
就掉了下去。我们仍然等待
转个弯儿，它就回来，重新占据高处
我们要用一生来完成的事情
看它已重复多次

悲伤让我们靠得更近
悲伤也是我们共同的夜晚

六月，树木青翠
几乎已长进天空，鸟的飞翔
而我们埋头生活
把每天藏在流水中
不再问为什么
"为什么瞪羚那么靠近狮子吃草"[1]
为什么梦想越是明亮
你越感到危险的临近

恒河：焚

曾经是早晨
后来天黑了

火认出他
仿佛有约在先
一下子抱紧

他交出他自己
所恐惧的，以之交换火焰的赞美
灵魂的轻盈

消失在一个没有里
他现在是幸福

幸福是恒河

---

[1] 出自勃莱诗句。

恒河：少年

划船的少年
比他手中的花年轻

他兜售它们就好像
那是他的笑容

他说，买一朵献祭给恒河吧
你的愿望会实现——

我不能说出我的
愿望是成为花中的哪一朵

替它衰老
伤它没有的心

恒河：自由

唯有三月能叫出
我的名字。倘若我假装听不见
你就假装
这是真的

你就若无其事地来去
下一场雨是一场

我也不会说
夜晚有多么陡峭，人一躺下
身下就是
无限的空白

但这空白无须充实
总有一天，我身上失去的你都会
在这里找到

一如在恒河，死亡和往生
相待两不厌

恒河：逝水

三月无风，恒河停在黄昏。
站在岸边的人，一边和鸟群说着再见一边想起
昨夜在梦里悄悄死过无人知道。

从没有一种约会像死亡这样直接。
一生啊。它伸手抱住什么，什么就成为火焰；
一生怎么会这样美
刚开始是花瓣，后来是蝴蝶。

刚开始是一滴雨，
后来是恒河。

恒河：再见

三月花开，浮起人间

花瓣外，人群拥挤，你追我赶
往哪里去都像是赴宴

在三月，海棠花开得短暂，为了后面的果实
要从凋零里看见——

没有什么在春天是无缘无故离去

没有哪一种离开
需要一生对不起

——再见。再，见。水在水中被给予
人生在岸上走远

你相信就好

这是春天。一整夜
都有人在摘星星
一整夜，星星不停地落下来
像是真的

夜晚的星也是
早晨的星。你睡着和醒来一样
听见什么在敲你的门
你以为那只是一阵风
而它却是一个声音——

春天来过一次就够了
回头看时总是很多。

四月：沿着苹果花的早安和晚安

沿着苹果花的早安和晚安
四月站上枝头，沿着那些没说完的话
雨要不停地下……

雨要不停地下
你才能找到一面湖水看见自己在哪里

看见日子开始时很浅
后来太深

后来你一定全身湿透
也不愿离去，赴身于那湖水中心
就像苹果花在雨中沉浸

就像苹果花也可能是你不认识的自己
来到四月不过是刹那

但四月也可能是拥抱
先是把你交给美，然后又交给你自己
经得起时光粗糙的抚摸
你就能感到那股从花蕊中抽出肋骨的力
抽出那使你成为你自己的
非凡的力

这就是四月
正堆满你窗前
你若向它走去你就全心全意
你若向它走去你就是赞美
你就这样赞美吧——
它会把你
变成你自己赞美过的
那种果实

（选自微信公众号"散步的老虎"，2023 年 5 月 30 日）

江河行走笔记

/ 李鲁平

游荆门象山所思

七月，一个修上趋下的男人，立于蒙山
环顾四海。他在列国之间的鼓吹，已燃
起遍地狼烟。老莱子的声音越来越近
平静的训斥、诫勉，如象群踏过
闷响从蒙山传到郢都

整整二十年，上古的典籍与宫廷的椅子
从未安静地摆放。牛车在中原大地狂奔
载其图法奔商，载其图法奔周
奉周之典籍以奔楚，以其图法归周
竹简碰撞发出的吱呀声，如逆水的桨片
痛苦、吃力、挣扎。沉重的典册与一个
王朝的残喘，同样令人心碎。河图、洛书
《三坟》《五典》《八索》《九丘》《连山》《归藏》
《云门》《咸池》《大夏》《大䕫》《大武》……
就这样在 2500 年前的颠簸中失踪
闻讯赶来的史官，只见到几枚
遗弃的甲骨、钟鼎碎片。它们躺在干枯
的车辙里，盖着一个旧朝代的灰烬

此时，老莱子，你在蒙山躬耕。目睹了
一世之伤，也料到了万世之患。你妻子
出去砍柴，你坐在七月流汗。你知道
孔丘正孜孜不倦地删书赞易
另一个千年重启，几百名考古学家云集
河洛，他们不寻找典册，他们想要复原
消失的那个世界。两千多年，他们
不知所来，寝食不安

老莱子，你与孔丘的谈话，如象群踏过
仍在我心头轰响，今天的蒙山已改叫象山

大水即将来临

似乎传说中的九个太阳获得了再生
荆山往南的平原仅剩几条细线般的浅水
巴茅草燃烧之前，我要收割它们

草丛中的麻雀蛋、鹌鹑蛋、野鸭蛋都已烤熟
明年这条河的很多鸟将无子嗣
河滩上的大鱼头可以当干柴，远处的稻子
触手成灰，知了的叫声听得见焦烟
梨树上的蜘蛛网不再有黏性，它们
跟通电的钨丝一样发烫。那几洼浅水如
沙洲奶业门前的牛尿，毫无动人的生气
十日并出、万物普照的七月，我们不说话
不再仇恨，甚至不再爱。我们坐等燃烧

冰川坍塌的轰响，不断灌进南方的河流
在南河都能闻到水的腥气，好像它已成
刑场。巴茅草不想在我的手臂划下血痕
它把最贱的念想留给来世。落为沃焦的

傍晚，我在南河等待寻找大水的白鹭归巢

南河以南的夜晚

渡鸦夜里的说话声，不断撞响
宝月寺的钟声，声浪翻过蚂蚁山
沿坝洲向下，南河流动的全是不安
我们走在夜路上，幽灵一般轻盈
生怕惊醒更多的鸟和人

就如不见水端的大泽，脱离河道四处洋溢
渡鸦杂乱、任意，甚至土俗的争吵
也在南河上空横行
它们不能白天放声，怕引来搜寻的锣鼓
和鞭炮。这平地上藏不住英雄
河里亦无蛟龙，一目了然的平地
渡鸦往来，但都闭言不出

我们一直走着夜路，对所有的风吹草动
窃窃私语。一根倒伏的芦苇是一条蛇，一堆
牛屎是一个黑洞，一棵树仿佛一个埋伏
的捕快。它们从另一个世界来，带着
令牌、镣铐。想象一个人走在汨水的夜晚
也许会看见一个隆起的山丘，屈原躺在下面，
他跟那些渡鸦一样，白天藏知不发，夜里
独自低吟。丘夷渊实，南河以南的平原
一直在填平恐惧

我们一直默无声息在夜晚活着
只有月亮照见了我们的声音
河边收割麦子的乡亲，都如秋天的寒蝉
月光之下，他们忽隐忽现

渡鸦从他们身后，拾起一颗颗跳动的汉字

平原的夏天

月光从泄洪口喷泻出来，南河以南的平原
流淌着水银的光芒

平原的夏天早已被烧得通红，松东河、松西河
虎渡河、沮漳河、东荆河、通顺河……
这么多河流都冷却不了它。烘烤我们的有阳光
也有板结的土地，水草掩埋的南河，阴阳相盖
腐烂发酵，热气奔放。灼热还来自被逼到
窗台边缘的心。大水时，南河的大堤也是窗台
很多刚从泥地里拔出来的腿，没有在大堤上站住

南河两岸男女和静、万物职职，而我们
必须躲避白天，也不能贴近睡眠和梦想
这月光可以照旷，却流毒广布

南河撒网

父亲在秋天织网。他手中的梭子穿过之后
阳光在屋前碎成一地。猪血中浸泡过的渔网
挂在河边。一只只张开的网眼
透露出暗红的仇恨、阴险、机巧

南河垂钓的外乡人，抽烟，擦汗，喝茶，
嚼马鞭草，一直等到太阳落山
那些鱼漂从未动弹，偶尔飞临的白鹭
带来的不是鱼汛，它们要在黄昏前
寻觅一片露宿的水草

父亲春天收紧渔网，他一生最大的满足
是细雨中网绳传递的颤抖。南河的鱼
不惧鱼竿、白鹭、野鸭，却从未逃脱水底
柔软的眼睛。千孔眼、万根线，空洞无光
埋伏在生机勃勃的河道，疏而不漏

父亲不是叫余且的渔夫。他有所不知
他在南河撒网，沙洲的星空、麦田
棉花地，以及每扇亮着或暗着的屋子
都睁着同样暗红的眼

无名河

那条河我看了一天
它出生于武陵山脉的一个溶洞
沿途一百多条溪流循着足迹，追随它
的荣耀和茫然的前途。她们挟着硫磺、
砷、茶叶、桐油、水葫芦浩荡而来
穿过稻田、玉米地、葡萄园，一直向东
滚滚的队伍后面，只剩下泥浆中挣扎的
鳝鱼、泥鳅以及鸡鸭的尸体

那条河我看了一年
春天它从浅草漫过，在结婚照的背景上
衬托出蜿蜒、清澈的幸福。然后在一栋
老房子脚下打了个转，将两河口老覃的
玉米地浇透。八十二岁的老覃没有老婆
没有儿女，也没有亲戚，他看着河边的
玉米地等死。他不知道这河拐过山头
是否会到下游去报丧。秋天它把一河的
沙子洗亮，留下两岸发黑的稻茬
和一栋两百年不倒的木房子

这条河我会看一生
入夏之后它走投无路，猖狂不知所如往
它的使命就是把大地泛滥成河床，直到
冬天，再瘦出河流的形状，等待春天
从武陵山上流下来

东荆河回忆

东荆河的洪水来自西北。秦巴山地的秋雨
在楚地四处串通，平原毫无招架之力
我的记忆里少有风调雨顺的吉祥

十岁时，被东荆河挑牙虫的按在椅子上
洪水把逃难艺人、冲散的木排送到沙洲的高台
二十岁，尾随打三棒鼓的姐姐，从水洪口
过渡到东荆河右堤，向上、向西、向北
沙湖、西流河、四湖，一路穿过芦苇和钉螺的天堂
挨家挨户唱一段对水的埋怨和记恨
双手接过高台上的同情和怜悯。挑牙虫的会说
打三棒鼓的好看。三十岁，跟一个画家在新滩口
参加葬礼。东荆河倒灌的洪水卷走守瓜的老人
那些西瓜他一个没吃，都放在他的棺材里
抬棺的在水洼地停下，孝子、孝孙跪成一列
让水披上孝服。四十岁在四湖一个少妇的
花鼓戏里迷路。五十岁开始，跟新堤的一个诗人
写诗。他的爱情一直在水上，从未停靠码头

这条河还是过去的河，只是河边的乡亲
每到春节不再逃难，挑牙虫早被戳穿
三棒鼓与洪水都不再流行。他们守在
平原的路口或渡口，等打工的回乡

送葬的队伍沿河边街道行进，向左邻右舍
作揖、鞠躬，每扇门前放一万响鞭炮
他们知道终有一天，自己也会
打此路过，隆重的礼炮仍会依次奏响

这条河在我的人生中，从未停止横冲直撞
我一次次加固堤防，甚至耗费半生
修筑一座宝塔镇守它，它仍然无法安澜

桩号 73＋001

往后不会有比过去更糟糕的天
乾下坎上，利涉大川

从长江到汉江，从南河到电排闸
从决口潭到洞庭湖，水泽大寒瑞香
只有隼上天入地，刚健而不陷
需于沙，需于泥，需于血
隐隐的脚步如鼾声踏夜而来
一场大雪说着说着就没了
三千小梦说着说着，也没了

端详着两千多年前的天象预卜
我看见花信风无所畏惧
春兰清正，山矾如雪
天水需，终吉

有没有

/ 尚仲敏

我愿意

无意间听到两个陌生女孩对话
一个对另外一个说
"千金难买我愿意"
愿意什么，不得而知
也不想知道
但可以深究：
千金难买，这是对的
那万金呢?
说不定就买到了
联想到我们中的每个人
没有谁不是
在我愿意或我不愿意中
过完一生

想去宜宾

国内很多地方
我都没有去过
国外就不用说了
二十岁时

我在自我简介中写道：
终生不思远行
但最近突然想去宜宾
几乎就要动身了
去干吗？这是一个问题
为什么不是自贡或泸州
这又是一个问题

星期天，一个人坐在山顶喝茶

刚采摘的
峨眉山新茶
残留着佛门规矩
和初春暖阳
不需要打农药
害虫爬不了这么高
沏茶的水取于山泉
不能烧得太开
一张石凳
一只杯子
一个人
在空荡荡的山顶
为什么不是两个人？
那其中一人
一定是多余的
或者彼此多余

买　烟

凌晨一点的成都小巷
路灯昏暗，下着零星小雨
你陪我去买烟

走到小巷尽头

没有一家商铺开门

我们停下脚步，雨却越下越大

这个场景

和多年以前一模一样

只是她已音讯全无

不知是否安好

是否记得雨中的这条小巷

今晚过后，你也会离开我的身边

仿佛我们从未相遇

我能听见你的沉默

每天醒来，照例有一大堆事情

我从不把它们留到晚上

一觉睡到天亮

（至今我没见过安眠药）

独享整个夜晚，连国王都做不到

好消息是，千里之外，我听见了你的沉默

你沉默，胜过万人欢唱

你沉默，恶人乖乖退下

岁月收起獠牙，不再写在脸上

生　意

他和我年龄差不多

我们竞争同一笔生意

我问他，父母贵庚

他说，早去世了，你呢

我说对不起，家里老人快九十了

返老还童，天天缠着我，让我讲故事

他说，祝老人家长命百岁

我说，好吧，这笔生意你来做

有没有

有没有永远长不大的老虎，一个多月大的那种
呆呆的、萌萌的，我想养一只
不是养虎为患的那种
有没有哪一天永远是星期天
手机安静地待在一边，没有一个工作电话
有没有这样的学妹，你大一，我大三
说好的去图书馆占位置，可我总是贪玩不去
你哭了，很快又笑了
这个还真的有，不过你在天涯，我在海角

（选自微信公众号"甲鼎文化"，2023 年 6 月 28 日）

我不是一个喜欢做梦的人

/ 李以亮

祖　母

我的祖母
身前看中了屋后
一棵瘦高瘦高的苦楝树

说是看中
其实她也没有
更多的选择

即便现在我也认为
考虑自己的身后事
乃是一件奢侈的事情

何况她白白落了一个
地主太婆的名分
四十不到，就开始守寡

许多年后
人们谈论的，依然是她
如何四处乞讨

以及她亲手准备的
毒药，为那个
我从来不曾见过的祖父

她小心翼翼
把药缝进了他的衣袖
糊涂呀，人们说

而她却一直相信来世
但是，最令我惊奇的还是
她对来世的设计——

一棵苦楝树
一棵苦楝树打造的
那么一副薄薄的棺材

梦

多梦干扰
睡眠
我不是一个喜欢做梦的人

有人来我梦中话别
其实，我们已经见过最后一面
彼此再无话说

有人在梦中死而复活
难道是心有不甘？
托梦于我，却并无嘱托

有的人我倒是很想梦见
实际却不曾梦到一次，可见

梦也无法预约

有时我也梦中得诗
醒来却忘得一干二净

有人偶尔被梦见
但我不会告诉她

做梦去过地方许多
不过都是床上的故事

我已越过了做梦的年龄，我喜欢睡死
什么也不梦见
仿佛关掉机器，醒来再重新开启
我不喜欢梦游
我喜欢马力充足的一天

鸟笼逻辑

如果在你房间里
挂上一个美丽的笼子
过不了几天
你就会把笼子扔掉
或者买一只鸟关进笼子里

这就是著名的鸟笼逻辑
其实，并非
每个鸟笼
都应该装进一只鸟

是什么在暗示你
笼子与鸟的联系

是什么在怂恿你
剥夺一只鸟的自由

读埃利亚斯·卡内蒂

如果谁意识不到
自己的天才
那么他
也许就不是天才

如果谁以头撞墙
那么回应他的
也许只是
与他相邻的单身牢房

如果谁给自己
戴上眼罩
那么他就不能
抱怨尾随而至的鞭子

如果谁
不能理解你的沉默
又怎能期待他读懂你
作为一个异国人的语言

如果谁
意欲过一种死后的生活
就必须准备
穿越这漫长不真实的一生

我的敌人

没有一个朋友
像他那么
惦记我
我们的关系
是业主和小偷的关系

我的房子
没有防盗网
我的门
也只有一把简易锁

从我这里
他得不到任何战利品
因此
打败我的欲望
愈发锥心蚀骨

娴熟的造谣（模糊语言是它唯一的艺术）
诽谤、中伤（躲在暗处的冷箭）
威胁（其后坐力足以吓倒自己）
还有施展一点可笑的离间计（他哪里懂友谊？）

我的敌人
他很不快乐

我在哪里怠慢了他？
还是他不小心
在什么时间
喝下了我酿造的苦酒？

哎，我的敌人
不能不沮丧
因为他
连自己的名字都放弃了

我们的睡眠

怎样度过我们的夜晚？
读书，饮酒
秉烛而夜游
脊椎刺痛的性
呵，床上的皇帝

怎样镇定我们的睡眠？
长夜如大海
航行，梦魇的怪兽
惊起……什么是我们的
压舱物？

病弱，被失眠
折磨的卡夫卡
相信一种
合理而纯洁的
存在的可能性
不可摧毁

卡夫卡曾想
在巴勒斯坦的土地上
手持剪刀
或水壶
修剪花枝，或浇水

在幼儿园

早操时间：他们放出五颜六色
老师：几个领头的大孩子
孩子们列队，漫不经心
孩子们推推搡搡，漫不经心
欢快的儿歌从喇叭流出
孩子们弯胳膊伸腿，漫不经心

重读《小王子》，这部童话
总能拯救我被诗歌深度麻醉的阅读神经
这有些荒诞：读书之年
我没什么书可读
几乎厌倦读书时，却开始读童话

小时候我也向往飞行
没有翅膀，也想去天上看看
如今，我混迹诗人中间
喝酒，恋爱，目迷五色
涂鸦多年终于我意识到
其实我最想写的，还是童话

此刻，十点一刻
小王子已经离去
圣埃克苏佩里依然不知所踪
孩子们就要回到教室
剩下我遥望童年，透过
各色动物图案装饰的围栏
出神而无言

（选自微信公众号"重返湖心岛"，2023 年 6 月 4 日）

无知的早晨

/ 雪舟

无知的早晨

试图写下来，如此困难的早晨

当燕子与竹林交换了它们对世界的看法

当他读到"生命是一场漫长的体验"

他似乎赞同，又若有所思

向更远处眺望，云朵已掏出春天的姿态

黎明时慢慢掀开黑幕，启明星

说出第一声问候，尽量给曙光腾出

亮堂堂的空域

身居高原，他绝少提及海洋、岛屿

却难以从生活中的暗礁、渔网、苦咸味中脱身

回到居室，为家人准备一顿

丰盛的午餐，在巴赫

和肖邦之间，在有为与无为之间

在细察水龙头的流水、暖气管漏水

地下不知的渗透之间

他想到乡下的泥泞，支离破碎的河岸

唯美的田园，空巢的庭院

他这样奔走在想象、睡眠、记忆之间

并不预兆旅途的终端

自身是一件收纳容器，许多未知

尚在昼夜不息地擦拭地球的表面
与水火保持谨慎的联系
与一个人的源头，握手，不再松开

春天的净值

春夜包围了一座亮灯的房子
一位妈妈，正在和远方的女儿
通电话，说你已经不小了
该有个男朋友，在你生病时
照顾你。上学总得有个尽头
她们的声音，忽大忽小。
而在另一间屋子，她的小女儿
在备考，灯光下她的脸色
苍白、慵懒的样子
似乎大部分时光都在读书。
过去，她们搬过三次家
她们出现在四个季节。孩子
享用的，都是求学，她们
似乎为读书而生，快乐
那么少。花园里树枝繁茂
一家人的幸福，没有定义
却有着简单的不愉快，有时
有抱怨、争吵，为了
不眠的月亮、旅行、崭新的人生
星星离屋顶那么近
她们之间的话题，随风亲近，疏离。

夜　读

有人击悲筑，有人唱高声
这是一个送别的时刻

高渐离，宋意，荆轲，燕太子丹
陶潜在耕读之余

将他们邀至一首诗里，意气相投
慷慨悲歌，商音，羽奏的波浪

解冻的春水边，史书，长缨，
壮士，一去不顾返的时间

向我们陈述，一个人活着
有多么复杂，就有多么简单

暮　晚

树枝是徐徐升起的
一根，两根，三根
带动整个树冠，之后是林子
暮色甚至顺手提走了亭子翘起的
四角尖
站立不稳的虚空
此刻，轻与重都在承受
天地四合的限度
几乎没有松动
一道光束斜射过来
拧紧一根细枝条
缠绕的黑暗

小红菊

小红菊有名无姓。
云朵无逻辑，雨晴无秩序，

才称之为天空的一员。
太阳有道，月亮有轨迹，
雨雪循化于一种古老的便笺。
风若使者，居无定所。
天体的殿堂无桌椅，无茶壶，无台阶。
帷帐如幕，热闹是人间事。
星辰有亲戚，不互相走动
高悬的孤单，靠采集秋天遗落的果实
炼制音符所需的原料。
天空阔到无路，又窄若睡眠
不冷静的人，是发光的星星。

萌　芽

"然后进屋，说家里没吃的
她累了不想做饭。"[1]
读到这首诗的结尾，她从窗口
闪过，你坐在书桌前
不想动。你没有起身，刚铲完雪
"你累了，我来做饭。"
她在厨房和面，荞麦面和小麦面
掺和，菠菜、西红柿丁
鸽灰色的暮光，雪的前兆
椿树又壮了一圈，树冠侵占了
杏树、李子树的采光
三月份打算斫伐枝干，再说
已高不可攀，香椿芽难以采摘
剪枝的念头，一年又一年
任由它长成一棵大树
像我们总由着孩子们任性长大

[1]　出自琳达·格雷格《加利福尼亚下午向晚》。

在别的城市工作生活
相互牵挂，独自面对寂寞
纤细的，意想不到的枝丫
在春风里萌生

（选自《太白诗刊》2023 年 5 月 5 日）

县　道

/ 曹僧

县　道

去野外，去被万物注目
而又无证据的地方。
阴沉而明净，古旧又新马路。
青草透露土生木的五行黄，
该如何称呼江浦？
来自海的开阔的漫延，
来自迭连如滚鳝的潮的网罟。
树，仰望抬高人和道路，
神的高大家具的一种，
摆脱经验之林的术。
榆钱千万铁，绿色葬礼
只有用骨听的人才允邀入。
分不清岸是咸，或淡。
骑车去袁花镇，去花的沿途，
受难于未预料的未来之爱。

后花园

浑身掉叶子的人不再颤抖。
每片叶子上都有一台歌剧，

歌剧上有极光。

回归到气中去，
棍棒无法抽打的气。

打草稿的是兰，
结成团伙的是闲鱼。
菱草彻底瘫软在水分子间，
还有迎春花，
甚至广玉兰的躯干。

茭白，一种病瘤在感染。
蟒嵌于假山。

像乌鸫飞翔那样
移步换景？不，
因景致的难度。

我所见的已被无数次见过。
唯有我是新鲜的，
是蜜语的，童话的，
是鬼门关的。

写给缪斯的景观

还乡还到愿里，
暮色颠簸经验的零部件。
高大的橡树将开口收紧。

碎石子路抹过丘陵，
如同牧人牧我上缓坡。
一片惊喜的、清绿的发现。

长新叶的油茶树林
包围着小楼。但低于它，
低于词语的高度。

什么被暗示着，
又是什么被蛊惑着？
徘徊狗不吠叫不甩尾。

如同牧人牧我到空地。
观看起伏像呼吸，
黄色花朵是残留的香渍。

捉摸不定黑暗的边界。
描述多一片方圆，
更多的树就被更改。

赛车游戏里的女孩

那天在沙漠嘉年华，
我开着福特要去比赛。
所有人都在尖叫，
好像疯了，
她也不例外。

在护栏外，
她站在角落里，
时而看看眼前的地面，
时而跳起来欢呼。

车子熄火了，
所以我停下来，

多看了她一会儿。

她有点美，
看不清眼睛，
有点让人难以捉摸。
我按了按喇叭，
她没有听见。

我收手趴在方向盘上，
索性不动了。
她在看什么呢?
我猜了很久。

切换不同的视角
来看她。
她的头顶没有名字，
和从前碰到过的
所有陌生人一样。

都是安排好了的:
出现在我面前，
然后等待被遗失，
在宽广的系统里。

我加大油门，
开车撞向护栏。
就在她眼前的护栏
溅起好看的火花。

但，没有丝毫的损坏。
我一遍接一遍地撞，
希望这些重复的动作

能引起她的注意。

绿洲饭店

珍视的尽皆已毁。
微烟弥漫空中，
如诉，如轻压脏器。

如此它客气。
雀鸟扇动活光，
推送翕张的高窗。

而冷红色的墙皮，
疏解于暗地，
柔软于渐渐的夜。

带来具足的沙粒，
带来远景，归来的
骆驼前奏共和。

蹄步混淆靴步，
呼之欲出的力，
趁机敲打一片方圆。

舞会开始了。
节奏联播房客，
房客在偶然中立意，

加入那觉是的词蹈。
在朽坏的地板，
在繁花的地毯。

米　林

你寻找的慰藉取决于你缺氧的临界
你临街的抒情败给你没看过的猪的散步
抬头撞山，尴尬于撞衫
冰雪的峰尖，突兀的对白
凉是凉些，但携有薄荷般的口爽
人往乌有处走，将小县城抛下像小镇
小振枝丫惊动空山，你说的鸟
众所周知不大于你所没看见的鸟
亮不出名片的树比其他更新鲜
所以反复出现，披挂苔藓
直到老人须上缘烂柯发觉上当受骗
走了这么远，原不过走回了江南？
你崩溃的闪念重拾你散布的阴云
你氤氲的嘴脸倒映你生气勃勃的小溪
活泼泼地，是何来的逝者剥夺你围观
它的工地，它向雅鲁藏布的开辟

在灰坑前

柏木像一根探针读取着风的唱片
透明的缱绻中有一种颤动如鱼的渴
传染着嫩梢，毛线头般密叠的鳞叶
还有，一种芳香幽幽地沉落
使清悄像一条耷着鼻子的狗贴地小跑
在人的高度上，树干保持着距离伫立
所有残忍之物也这样，仰望着
久久地就像俯瞰——天空深不见底
云的咏叹中阵阵鲸歌翻跃
而骑士携领扈从走上心的泛黄玉阶

令它滑动如琴键，弹奏在必要的休止前：
当闪着黑光的乌鸦翩然、耀亮
亡灵的期会上草铃铛轻晃将空白句读

（选自《诗建设·2023年第一卷》，2023年5月）

像雾像风又像雨

/ 砂丁

理发师

当理发师看着我把他那不算大的
温暖的手掌按在我的脖颈上我感到此生
再也没有失败过。我注视着这双
手，这双毫不修长，对于理发师来说显得过于
粗糙的手。他问我，你热吗，需要
来一杯吗。他两日没刮胡，胡须从
上嘴唇一直延伸到下巴。他朝我笑笑，有点
不好意思。他看上去不到二十五岁，他的手
在我乱蓬蓬的头发上揉着捏着，很快它们变得
简洁而轻柔。他笑起来，你知道吗，他说
在乡下，我可是短跑第一名，拿过奖杯
我从没有真正悲伤过。我站起来，在镜子中
打量他。二十岁我离开家乡念大学，是个
单纯、固执、头发浓密的小伙子，有一双
充满才华、力量丰沛的手。我付过钱，理发师
突然喊住我：别忘了伞！伞，这把我从没有见过的
陌生的伞击垮我。雨水，它们不会落下来
就算我打开门，冒雨走出去。

玄武湖之春

是成片的云霓笼罩四野
以至于分不清山和湖的颜色。
你见到他时，玄武湖恰逢春雨。
赶了一下午火车，你站在出站口
呼吸新鲜的空气。恰值清明，天候
不那么寒凉了，时局看上去也没有
从前那么糟糕。1923 年，你刚从莫斯科
回来，意气风发，在上海的大学里兼
一两堂课。你没闹恋爱风波，是整洁的
新男子，每天把胡须刮得干干净净。
黄昏之后，湖面升起夜雾，你打量你
苏俄制式西装，是否沾有水汽。
他刚来时，面如朝开之花，手抱
凉薯。他早已穿旧的灰布长衫衬得他
日益消瘦。尝尝，刚上市的，个儿大
味甜。手也不擦，他就带你到这湖边的
城墙上散步。你记得留学前，你们
最后一次在这片开阔的水域划船。
他总是最木讷的那一个，春雨欲止未止
不打伞，偏偏坐得笔直，逗得船上
三两个女学生憋着气儿笑。那是他做
小学校教员的第一个假日，他用尽
全身家当为你饯行。汗也透了，雨也透了
亲爱的瞿先生，你可知这是一座
雨水围护的城？你看见湖边垂钓者
钓竿排成一排，像吃了定心丸
你快步道别，走进火车站。
你曾无数次搭夜车来回沪宁之间
却从不记得下车去看他一眼。

现如今，你们站在倾颓的城墙上
看湖岸零星的渔火。天风吹过
城郊的夜气凉得很快，他抱拳
哆嗦着看你，不曾提及年少时
困苦与共的艰难日子。翻山越岭
这么久，似乎只为再看一场玄武湖的
春雨，这南京城多毛的手掌
云雨之下起伏的呼吸之绿。

石　榴

他有时驾车来，在很小的
地级市的机场里见上一面。
面对面坐着，三个人，又或是
两个人，星影寥落的小咖啡馆里喝
人造、速溶的咖啡，不问候
彼此的姓名。年轻的时候
他穿与身围完全不符、过于
宽大的格子衫，戴电子表
男孩女孩环绕他，给他
买电子游戏，在市中心的十字路口
旁若无人地牵他的手，好像很近
又不近。"我并不喜欢这个姑娘。"
1997 年夏天，他去长城，搭顺风车
同道的纤瘦、头发烫卷的男孩
陪你在帐篷里过夜。牛仔布裙子
旅游纪念衫，吹口琴的南方
女孩，混在塑料凉拖、弹吉他的
人群中间，陪你过夜。你写信来
在风和日丽的早晨，说不会
南行了，就留在北地的城中村
种花种草，租一间南北通透的小室。

"我想我可以去小公园散步，看湖上
鸟群的聚散，不至于掳走一些
消逝的光阴。"后来有跳太空舞的
男孩来宿舍，沉默着，把巨大的
晶体管收音机留在你的桌上。
"他还欠我一支歌"，吹泡泡糖的
女孩说，在你的床上坐坐，又
起来，寥落地走来走去。
只有两分钟了，我站起来
手心微汗的潮热被你握住。
值得眺望的是我们在
运动中，就不知身边
奇妙的静止，不至于接近
一种落败。二十岁的时候
我们在风雨里打球，喝
冰镇汽水，汗水直立。在出国前
你说你会回来，另一个人
摇摇头，三个人，又或是
两个人，在登机口灯火迢遥的
暖风里招手，轻轻将我抱住。

像雾像风又像雨

有时候，他突然想起来
曾经在你家里，喝酒，聊一些
和姑娘一起做的荒唐事。有一个
男孩，穿很短的无袖衫，窗帘开着
逆光的光影里，他看向我们
却看不清他脸容的神色，薄暮里
是否带着欣喜。在客房里，读写都
倦了，男孩回头，在暗室里
一切的界线仿佛清晰起来，皮肤

有些粗糙的纹路，也有些老了。
有时候，你们躺在一起，什么话
也不说，我并不清楚他的名字，却问
另一个人去哪了。一群喧闹的客人
聚集在小小的客堂间，电视开着
又喝酒，自顾自打开油纸袋吃
自带的食物，听见玻璃瓶撞在一起
响起噼里啪啦混杂的声音。或坐
或半躺在软沙发上，安静地看
午夜节目，不问我是谁，也不问
你们俩。偶尔，在半醉半醒间
我去向你的房间，但需要穿越他们。
我还记得，在一个很早的清晨
我们起床，我们三个人，躲在一个
坏了的电话亭里，我亲了你
他也亲了，他亲你的方式
和我不一样。我仿佛一下子
知晓了秘密，离开亭子去抽烟。
我说，他是你的新男友吧，你没
说话，却点点头。更多的客人
打开冰箱去拿酒，一个叠一个
踉踉地拖着步伐，并不知道
也许这是最后一次在你家
最后一次陪伴你。像雾像风
又像雨，他有时就在上海早晨
逐渐清冷起来的空气里
漂啊浪啊，迂回地走来走去
撞在马路牙子和路边小花园的
白色栅栏上。风一遍遍提醒他
这是新的世纪，你身边的女孩
脱开围困的季雨、庸常、内疚
一个一个离开你。忽上忽下的噪音

并没有将你们唤醒了起来，头发
略有些苍白的男孩，他那么
无言地抱着你，宽阔的胸肩握向
你的手臂。窗外的市声渐稀了
细弱的鼾声小山一般漫过来
这是 1999 年的圣诞。

（选自《诗建设》"90 后诗选"，2023 年 5 月）

逻辑在缩小

/ 蒋静米

登山见闻

我们正在驱车经过一条融化的路。
它和记忆那么相似，同样离奇，
有着无法自圆其说的弧度。
我们去坟墓上采摘覆盆子，
讲述梦的体验，你有过
想象中的朋友吗？十岁那年我见过透明的仙女，
她忧伤、垂老，像我的妈妈不曾生下的孩子。
有时，我们沿固定的道路成长，
而井水如银的反光总是摇晃我们的眼睛。
像在山中迷路的求仙者，
手里握着虚无的斧子，想要抽刀断水。
总是这样，花园的窄小路径在变化。
你握着纤细的手腕，相信蝴蝶、道德，
和善恶有报的故事。世界看起来
是一本有蜡笔图画的绘本，你阅读，
总是首先翻到最后一页。
结局中有所有美好的事：
漂亮如城堡的家、完整的自我、兔子和小狗……
逻辑在缩小，你无法从顶峰开始
攀爬一座山。我们都必须掌握驾驶的技能，

直到不再为一个未知的坡度而惊恐。

茉莉香

紫色的馥郁阴云，
或是紧紧笼在袖笼里的青翠手指、
流淌着隐秘之光的珍珠们……
我们要撕碎并咀嚼一切意象。
直到它们溶解为甜蜜的药水，
将寂静的房间整个浸没在其中。
这时，我们感到饱腹、安全，
食物和爱在某种程度上是一样的。
譬如肌理的欢愉，和轻微的真实，
发乎情的逾礼，可以被原谅的轻狂。
然而，如果所有过度都是一种邪恶，
所有这些：蜂蜜流淌出的金色琥珀，
丝瓜表皮散发出的青草味，
名叫茉莉香的葡萄，所拥有的酸涩。
那种沉重，始终包含在你的进食当中，
你曾度过饥饿的童年，
食物的香味和形状，几乎像种罪名，
像世界的贿赂，要交换你并不珍重的羞愧：
永远为一次应得的满足而羞愧，
像我们对待爱，既任意挥霍又避之不及。

粉红色的回忆

早晨从窗子里向我招手，
昏暗的房间，缓慢的时间，

残忍的季节尚未到来。
明前雨，杏花天，龙井的味道太淡了。

谈起往年此时，去骑车，滑滑板，
从菜市场买熟食，风筝掉在池塘里。

踩着你心爱的缝纫机，
一件是短背心，一件是长吊带。

那片长满野花的拆迁地还在吗？
转角镜，是为了防止我们遭遇分离。

二十九岁，还是没有长进，
口袋里装着蔬菜脆饼干的碎屑。

恋人的房间

我们经常靠着床沿谈论回南天，
现在墙壁变得干燥，青苔地不再绿，
你的头发在枕上化为玫瑰的灰烬。
漫长难熬的梅雨季竟也转瞬结束了，
像眼泪，流失时我们尚未尝到它的甜蜜。
唯有甜蜜的幽灵在舌面上发出酸涩。
当说爱的时候，我们首先说到友谊，
其次是同情，只因我们信任共同的痛苦，
超过未知的幸福。我们用破碎的，
修补着破碎的，又用湿淋淋的，
试图擦干净潮湿的。总是这样徒劳无益，
轻轻吻着虚无中的蓝。我要用我的眼睛，
流下你的眼泪，回赠你以孤僻的手，
所递给我的花朵和歌曲，它们柔软、蜷曲，
隐含着我仍不知道的永恒。
总有一天，万物都要像你一样对我说话，
叽叽喳喳的天使，围绕着你留下的旧台灯。

在恋人离去的房间，誓言消失，记忆不死，

爱情曾短暂地擦亮我们，

然后它要寻找下一张干净的餐桌，

重新制造杯盘狼藉的心。

悲伤的预感始于早春之夜：

我们在湖边追逐，树枝划破了你的短袖衫，

你身后长出燕子的尾羽，远远分开了纤弱的春天。

春风观止
——9 月 26 日游郁达夫公园

是一些无聊幻梦，人生尔尔

譬如朝露，今日和旧游，相差得仿佛

过去是浪荡子，现世是云、桂子

诸如此类的寄托。我在故居写信

不是阴晴欲雨的养花天，是幽居的秋昼

故国不知道在何处，关于富春县的游记

一写再写，那些暗云暮雨，微芒灯影

小富即安，江水退潮时留下一地透明的幼蟹

严陵是曾去过的，途中做梦，盛筵已结束许多年

更远的地方倒是逐渐清晰，不外饮食与烟雨

第一山水，第二少女……其余的，都有劳尘事

后来花草养坏了，雨总下得过多

江南消减，汉语和爱都被弄得疲倦了

陌生的人，你看上去伤心、沉闷，时常无话可说

不关心工人和贫困的事，万物众生的难题

沉沦日久，有即使异国闲游，也治不好的脑病

……你梦到过赤道吗，绮丽的黄金之岛

南洋松，香桃木，也就是说，热带雨林的死魂灵

琴声与肖像

/ 蒙晦

献给女儿

轻柔的睡眠，我触摸到
你脊背起伏的呼吸：
你是一只刚出生的手风琴。
我以沉默聆听。

你的言语完全是梦话，建造着
一个与窗外不对称的世界。

我集中全部的触觉于唇，
在你的脸颊上种植我的轮廓。
你是众神消逝之前
种在我面前的一棵树。

你是一只童年的手风琴，
你拉动，我就呼吸。

独　孤

我如此孤立无告，
犹如世上的每样事物。

蛇莓、月份和灰尘，
没有器官和心跳，未曾
占有过任何一句话，
在形状和定义中永不康复。

无人愿意承认万物的孤独，
它们的孤独是为了
被孤独者占有和使用。
犹如无人愿意承认我的孤独。
我的孤独是为了测试
死亡究竟会否发出回响。

泥土、阶梯和纸张
会在它们的损耗里想起我。
犹如我在自己的孤独里
想起每个人的孤独。
因为我的孤独正是
人群不可否认的损失。

我的寂静使他们永不完整。
我必须通过承认我的孤独
而承认人群的孤独。
尽管我所拥有的每一句话
都不在我们之中跳动。
我生活，如此无援而擅于忍受。

萎　枯

玫瑰没有眼睛，但它为何而红？
——让昆虫和野兽看见而使自己也看见。
如此芳香，难道没有嗅觉？
——让别人闻到而使自己也闻到。

没有言辞，也没有梦。
任由缓慢的老虎撕咬着
变老的玫瑰，摘下自己的红指甲
撒在桌上等人来牵它绝望的手的玫瑰。
使我们满手空空。

山　空

去，无人的山中，
去听无人性的鸟鸣。

去，扭动鸟喙放进脑中的钥匙，
反复地扭动也打不开

另一生的门。如果你没有
成为鸟——这完美的遗憾。

去季节晕染的渐变里，看松树
赭石色的外皮慢慢结痂。

去触摸它的裂痕，历经怎样
非人的时间，让它再次

烙出你的掌纹。如果你已是
另一种松树——这完美的愈合。

听，满地松针拆散的秒针
不再响起，唯有寺钟辽远的叹息

抵达空山的最空处，向着天空
再一次播撒鸟群的消逝。

手术室外的窗子

难以置信
那些忍耐的哭声
像一群甲虫从肉身的
空瓶子里爬了出来。

在另一只手的触摸到来之前，
在另一只手把彼此的
深渊里的空气
劈开之前，

造物主不许我们沉默，必须
回应它。给我们声带——
在没有语言的时刻。

要有拯救，就先有苦难。
一个女人荒谬如一扇窗子半开，
在麻醉药渐渐苏醒的雨后
学会了鸟叫——

这是未被词典所承认的语言，
省略号也不能省略
它们绵延的队列，正从窗外升起
一行瞄准镜后的白鹭……

晚一小时

当这城市里墙上的钟和手上的表
集体向着九点
一跃——某座大厦里的人因此跌入了

透明的河中，某间工厂里的人因此
跌入看不见的河中——

无声无息也无波纹。

他们不是排着队跌进去的，
而是同时，他们同时消失在
钟面般的圆圈和圆心里，
像冰块融入水，
你找不到任何人。

我向单位临时请了假，将晚一小时。

琴声与肖像

何处来的琴声，
越过挂满肖像的长廊，
找到我的耳朵。像迷路者回家，
推开一扇变得陌生的门。

　　　进去。

那些过去的面孔依旧围坐在客厅里
吃着人生的最后一餐。何处来的
琴声，一条脑内的钨丝
一闪而过。

　　　重入幽暗

（选自《十月》2023 年第 3 期）

接　近

/ 吴小虫

北碚，一个周末

浮生一叶
一叶有荷
第一次对外婆的唠叨
空空地欢喜
她说要给我带包子
我答不如带那个荷叶茶
她去中梁山看荷花
背回几枝，洗净晒干切小
壶内天地澄澈
清火、明目、养心
"在历代的凝视中"[1]
有片刻沉没

九　月

日子如有神迹
定是弯腰的一个动作
把一个倒了的空酒瓶子扶起

[1] 出自陈先发诗歌《欲望销尽之时》。

整齐地列队在走廊
可惜很少有风经过
呜呜响起的，会让房子里的猫
跳舞

那只猫一直伴随着我
它经历过的黑与等待
不断去问询墙上的影子
或者，去舔舔自己的皮毛
我也是最近才学会蹲下来
和它轻轻说话

不知往事会不会怪我
我已在风中吹干了身上的泥

感　染

要不是大老远看到她满脸阳光
我才不会跑去买她的香蕉

她的香蕉是从大市场进来的
更像来自她的孕育

转过身是另一女人冰冷麻木
车上的香蕉也有些生硬

灰溜溜称了几斤放在桌上
直到焦黑中起了白毛

凝视生命最后一种凄美
扔进杂草丛想起她满脸阳光

接　近

有过体验，把心敞开
给予善意回应
就接近爱了。像昨晚
绽放，并非因为酒
天地广阔，江河充溢
美来自浸润
可以暂忘，每个人
故乡驱逐，城市流浪
滴血稻谷，蒲公英的
轨迹
繁星夜空，如此不安
朋友，带孩子打球
落树上，痴笑返回

清明，在陆游祠

做一个什么样的人
已不需问大成殿旁白色的绣球
看着他人轻捻一枝合影
也会近前闻下散发的香气

楼亭观雨，星落画池
一种风景，满眼嫩荫
小径通幽尖尖新竹
放翁依然有苦倦游与千古愁

这是现代性的夜
有着红白黄绿紫的综合油漆
那涌动逐食的锦鲤不会

有着单一的命运

书架安装经验学

学天空的样子，把彩虹挂在天上
学袋鼠的样子，把孩子装进肚皮
某某脑袋是个整的
整体的，大的，玄虚的，宇宙的
偏偏缺少纹路和脑回路
大而无当地活着，思冥古人之风
超然，颓然，斐然，悄然
在吃了一盘宜宾燃面的晚上
在冬末和转折的，绝不是自由之心
需要一个书架摆放立体的爱情
躺着的爱情，吵架的爱情
图纸不小心当废纸扔了，最先错位的
不仅仅是螺丝和板子
把脚切小适合 36 码是吗
你明白家的含义上空有一架直升机
你不明白诗的外延插着一封鸡毛信
顺着青藤攀爬，就成为藤上的一只虫
藤不缠树却用树做成的木板组合
回到童年来，回到玩耍的心
想象书架该有的样子，想象你我
这个不对，拆下重来
那个刚好，几种喜悦
当一个完整的柜子就快装成
螺丝刀同学发现有个板子装反了
反就反了，不影响美观稳固
最上层摆放日用品
中间几层摆放喜欢看的书
最近在翻韩少功的一本散文

他保持着，一个知识分子古老的心
下面摆放的是零食
这小小的心房，因为有了书架
不会降落戴着棉帽，丛林葳蕤再次生长
月光偶尔会透过窗户照着它
照着并排而卧的梦境与呼吸
现在
请主要安装人从自己的角度讲一遍

去越西

对诗的感受力越来越迟钝
只记住两个彝族人把我夹中间
他们是父子，亲情的唾沫星子
砸在哑巴的我的脸上身上

刚上车那会儿，父亲把李子分给
儿子和同伴
半夜堵在石棉山道，忽又问我
抽不抽烟（空气中一个圆）

有共振的是跟车女人
和司机丈夫共饮一瓶矿泉水
爱的微尘在交换
窗外茫茫道边有棵柠檬

县城歌手吉克伍果深夜弹唱
还是个单身，与艺术坚守
酒醉中劝他赶紧成家，满世界都是
我们没心没肺奔跑的孩子

在石鼓镇看金沙江

金沙江这里转弯仿佛掉头而去
并不决绝，她的枯水期
也曾裸露平坦的肚腹。如果远望
谁的腰带卡住那么洋气
诸葛亮来过，忽必烈来过
碧绿的水稀释了征服的血

我前来只是江边站了一会儿
眼眸就立马变得温柔，我知道
并不是流淌，并不是静默
群山起伏白云悠悠
苍茫中万物的轻盈呼吸
隐藏的激情和爱，将你重新出生

（选自《长江文艺》2023 年第 5 期）

岁月的号啕在久远地来临

/ 王芗远[1]

玫　瑰

玫瑰！压抑着，你的果实
天空尽处的暗影。
水文学的密闭空间
无尽的悠久的拂动，
只在这一次风的侵袭的
这一瞬间啊。

诞生奏鸣曲

神秘的生物，种植在泥土里
是土豆吗我问。是马铃薯吗我答。
回忆滴答着敲响归乡的钟，列车到了而我还站着
是土豆吗，是钟表吗？是回忆的列车
一连串月光从蓝色的胡须飞溅向你，让你
感到生命的质地是愉悦。是不可挽回的救药

---

[1]　王芗远（1998—2023），湖北荆门人，湖北省作协文学院第十一届签约作家。2011 年参加广东小学生诗歌节，初赛作品《夏天到了，春天还没来》引发广泛关注和讨论，受邀担任《天天向上》《非常了得》等节目嘉宾。出版诗集《布袋里的信仰》《她们这样叫你》。诗集《布袋里的信仰》曾获湖北省第九届"屈原文艺奖"、第二届天津诗歌节优秀诗集奖。

是沉闷的蝾螈，爬行在低矮的鼠膝草上，比雪还白，众目所仰。
是浑浊一片的镜面，邀请所有人来参加。

所有人来参加一个节目的报名活动，在何方
我西天取经归来，永恒爱情在我的车胎里滚动
腹部的浓烈香草味，滚动
如蝾螈一样静默，摩擦力滋滋作响啊！在黑夜的笼
罩下，你就可以放声大笑，你可以放声大哭。
你可以在不明旨归的前提下将未来划入一株蓟草
它摇晃在我桌面的宇宙拥有不可知论者的贫瘠和傲骨一身蒸汽。
谁知道我打滑能够滑到冠状动脉的页面边缘在这里留下我随意的签名个性。

天空回忆自身的时候你就自身难保。冲动如痛苦的响声一再将你的回忆拉拽
贝多芬和达芬奇指尖的电流绕过我成为好莱坞的梦幻女郎。
大地拥有一万次反悔的机会，但手中的一枚棋子却只能硬着头皮
顶上去，像古老的博弈论中所炼就的假黄金属于周
围那无人在意的冷僻角落。

任让关键的名词，推开你一切防备
就是要让你迷恋我，或者毁了我。

痛苦论（十四行）

痛苦尤其华丽，
痛苦深湛如蛇尾，
如黑暗的果实，颤抖
簌簌在林间。

神秘的痛苦
赠我一柄剑！
神秘的自杀
拥有紫色的怀疑。

骄傲的痛苦

有无尽的心灵

神秘的痛苦，在浑浊

在水文观测的站点外

有一个神秘的烟

有一个拥挤的烟鬼。

仿茨维塔耶娃的《玩笑》

啊！一切深入你茎秆的

这样辉煌，如阳光中

暴烈的粒子，充盈了

苦难、蓝光和火舌。

哦！在这水面有什么

蜷伏着，透明，如蝙蝠的微笑

或羊群间那如狼的牧人

善恶难以分辨了。

咦！谁在归去，是我暴怒的

手指甲，或风的回归之纬线

村寨的良知，或水位漫涨的歌调？

嚯！这是哪儿！我为何已死去

躺在地上，一万艘星际迷航

一万次哭泣！一万个一！

醉　舟

最后到来，你非凡的酒杯

诱惑谁能喝下，谁就升仙。
最后总是一片枯叶，谁也不知
我们相拥可我们怀里是：难产的诗。

获得了解放的人。头颅里表露
巨大的落日。谁知道！
我们曾在一起，挑战那风车
我们是最棒的：仅止于此
岁月的号啕在久远地来临……

灯

空荡荡的前厅
一个十来岁的男孩
拿看他的算术簿
现在是夜里九点半
钟没有声音。

为了把灯打开
他碰到了藤萝那长长
垂下的叶丛。

漆黑的粉刷匠之手

我看见远处
山顶的
白色的雪层。

我站在湖边，
朋友啊，我们
都站在高原

站在湖边。

也许不知湖的名字。
我们去过那儿。

雪顶。

漫长的针头

有一次，我的狗
朝我大叫，仿佛
不认得我了一般

也的确，爸妈
也有好久没见到我。

它大叫，我知道
是因为
它认出了我。

也因为它是一只和我
性格上几乎一样的
小白狗狗。

粉蓝色的水晶球破了

有时只有一连串
桨，击打水面
的声音，白色的桨
击打蓝得澄澈的
水面……

我们躺在大地上
看天空。
远处

烟囱冒着烟。

城市的边缘
在我们身下。

狗尾巴草。

惶　恐

迈过河流。我听人说
有一种优雅只有天空得到
我听人在草垛间耳语
神挥舞她冗长的手臂
在更初次见面的时刻
我听人说，迈过这些河流
如同没有星星在后面追随

源泉与舌根

风暴聚拢在我的喉咙深处
一次结晶体般的盐的叙说
在回味悠远的寂寞里敲打
沉默之舌。谁能在静谧之
魂魄中觅得歌唱的始初？
哦，大雪如一个活结，神秘的
不止繁星点点，或许还有
魂魄、微风、难以承受的味觉
在黑暗的彼端我是无言的冷漠

走入空芜而荒诞的境域
死亡如杯盘早已狼藉。
为何在此踯躅？我听闻
一远方的笛声。它宁静将我的
生命期许、赠予又盘剥。
哦，音乐啊，在你的活跃的
生命里，本就没有停息
你在更灰暗的发源中恪守着
一切无所为的真实。
不存在规定，也无有言谈
为了在更深的静默中将你承纳
我必将喋喋不休地感到痛楚
而在此瞬时的河流中
一次漫溯，有如黑暗的瓦解
但更加诚实，因此
在它自己的轻柔中它赢得了
谅解、回旋和自由的反面。
什么是余地？我
无法在爱中将事物清晰地辨别。

赞美者时常在黝黑的井泉中
发现时日在他身内有流星的轨迹。

（选自王芗远微信公众号"乌有诗社"）

诗集精选

《盆景和花的幻术》诗选

/ 李郁葱

两个早上的场景

如果是它们的叫声唤醒了我
一个平淡的早上，它们在我的窗外
一只，两只，也许还有更多只
它们平淡的叫声，犹如
一个夏天的额头：那低低的呼唤
当我们被无边的晴朗所困惑
躲在空调间里，像是藏身于某个冬日
相互取暖而不是分开得远远的
我拉开窗帘，雨声代替了鸟鸣
这阴郁的，这反复无常的
像是一个出尔反尔的人，如果我们
被季节流放，面目不清，言词暧昧
我们多么容易遗忘了那些欢乐
和那些细小的悲哀：我们
自以为是地眺望，它们飞来
一只，两只，更多只
但不知道是不是原来的那一群——
它们都一个模样，像我们的早上
多么平淡的人生偶尔却有雷声滚动

夏之晕

是否出于回忆中分叉的小径？或者
是我们的想象。当它出现，在城市上空

绝非蜃楼，从冷漠的高温中幻化而出
也没有被虚无的云层所觊觎

圆满？水蜜桃般饱满后的绽裂
一种大地之甜，微微让你眩晕的空

抹去后的奉献：早年即美好
童年的薄转为舌尖上的清凉

那么稍纵即逝，又沁人心脾
但它是轻的，几乎没有灵魂的重量

是破碎后被拼贴的，还是
从无尽的变幻中得到最单纯的圆？

当我们看见这光环笼罩，斟酌
这夏季的空旷，从风景到房间的直线距离：

沸腾，这光的折射，我们视野里的
局限，当一杯水有着平静的咆哮

黄　昏

直到落日铺陈的台阶
收拢视野。

直到被高估的山峰
延伸到咆哮声平静的海滨。

直到芦花的簇拥
举着他们细碎的嗓子。

直到篝火的灰烬
被隐藏的星辰所点燃。

直到这夜色的无垠
白驹般移过交谈的间隙。

冬　至

一年将尽，在乌桕和银杏树叶
燃烧殆尽之际，风从树枝上两只雀跃之鸟间吹过：
松鼠、知了、苍蝇、蚊子……它们就要蛰伏
像是在某个片刻，我可以看见风的影子

它们说，让时间慢下来。
但可以吗？时间并没有变长，或变短
我们数着落叶，如果过去的日子被压缩成
薄薄的一片，让它们沉入泥土？

还是被打扫，装上垃圾车，被填埋或者
送入焚烧炉？冬日到来，用寂静
为我们拓宽可以眺望的天空
那里，依然有云的变幻，和鸟的啁啾

而阳光依然会砸下来，砸在
无数生命冬眠而不出声的土壤里，砸在
一条蛇冰冷的皮肤上，砸在它缓慢流淌的血液中直到它将在遥远和沉闷的雷声里苏醒……

云上的花朵

绚烂至极：以红色、黄色、白色、蓝色……
以我们能够看见并且说出的颜色
它们展现出生命的浓烈
微风中的香，蜜蜂流畅的舞蹈
总结这一年可以听到的走来

这是土地和天空的对话
如果它们彼此梦见
花和花相互模仿，层层叠叠中
给予我们点滴的甜：它
把大地深邃的迷宫呈现
用简单的方式告诉我们
这大地最冗长的蜜

在那些耕种者和设计者的
眺望里，以来自远方的歌声
汇入我们最初的模样
独立、自如，像鸟巢在风中摇曳
并抖落阳光和雨水

用云的轻捷，注入这沉重的土地
用云的剔透，浇灌在
夏日变薄的陡峭里
在一缕移开了的云朵下
绽放：啜饮我们行走的身体

云水谣

这些山和水，这些树，似曾相识
时间绵延，一个地域的标志
一株树独自开放成森林
它走向我们，在闷热的夏日午后

当雨如期而至，云在水之外
在一杯茶水点滴的递过里
碧得透亮的狮子打了个呵欠
突兀的心，季节消遣着那些焦躁

水在云之涯，云的嘴唇
命名于这遥迢之地
此刻云水相依，群山低伏
会不会有金风玉露的醒来？

遗忘，记忆的虚构
马蹄哒哒中抵达的桃源？
探手一把的晶莹，夜路过了雨
也带来大海蔚蓝气息里翻滚的躁动

村　庄

怪石嶙峋，仿佛是这村的声音
它经历过那些时间和流水，从浑然一体中
分开，又合拢，像那些溪水、树木
和头顶的星辰，它们似乎从未改变。

即使在我们的忙碌里，它
是一个随身携带的记忆：似曾相识

慵懒在宅院围墙前的守家犬，
并不会因为房屋的高企而惊讶

记忆的密码，这些坚固的石头房子
一个隐秘的秩序吗？像池塘里
过于拥挤的鱼带来池水的浑浊
抬眼，群峰环绕，手机里音质清晰

有人叫出了那些菜名，在田间
偶然间摇曳的翠色，蚱蜢所丈量的宽度
从秋入冬，接下来会是春天。你听到
自己的小名，在素不相识的嘴里说出

草木间

请说出那些智慧，一岁一枯荣
时间和地域，植物学所呈现的符号：
耕耘，把干涸了的土地重新唤醒

凝视大地的人在微微战栗
收集这草木间的黑暗和光泽
我们的视野如此菲薄——

但不能狭窄，不能命名于
大地上的事物。它们一直都在
凋敝或者葳蕤，我们只是其中的一件

在相互的发现和挖掘中，这些
阅读者，嗅到植物的气息
所有卑微中回荡着经久不息的旋涡

犹如星空那崇高而旷远的秩序

离我们那么远，压着我们
就像风一阵一阵地吹，就像季节

转换：相似的面孔还会回来
带着我们熟悉的姿态和影子
播种和收成，或者在无所事事的远方

学习，学习那属于植物的声音
把根扎得深一点，传统
给予遗传的光晕，不动声色中的一生

这些长长短短的命运在分门别类
还是它们是我们驰骋中的钥匙
万物的智慧，请读懂一叶间的陡峭

（选自李郁葱诗集《盆景和花的幻术》，长江文艺出版社 2023 年 6 月）

《秋风来信》诗选

/ 葛筱强

一些鸟鸣

在树下走得久了
总会有一些鸟鸣落下来
落在我肩头的，还会飞
还会调皮地打个滚儿
大笑着，说出野花和青草
在黑夜中的秘密
落在地上的，直接生了根
长出一丛丛荒芜的晨光
在我的脚掌上晃来晃去
让我觉得，自己的身体也是
由一些鸟鸣构成的，在
微风的轻拂下，也拥有了
生长和飞翔的欢乐

羞愧的事

在平原上，我是唯一背着手
不需要做任何事情并眺望风景的人

仿佛我在这里活着，就是为了

看着微风把具体的生活吹得更加遥远

像那些依次离开湖泊的苇丛和灌木
也像坐在屋顶黄昏之上的鸽子

想想一生之中羞愧的事不止一件
最为不堪的，就是现在

眼前土地辽阔，水草丰美
我却未能萌生劳作之心

月凉如水

如果你爱我，就应该
和我一样，用身体中
最重的那根骨头，热爱
这乡下的夜晚。在我身后
草原上的尘埃落尽
沿着河流的声音
萤火虫低语着近处的家
今夜有露，但它不想打湿
屋瓦下麻雀的睡眠，今夜
也有一弯月牙儿，凉如水
刚好挂在我心头那棵
被风吹动的树梢上

一朵白云

他在故乡的天空上爆裂地燃烧
仿佛是最后一次燃烧，他
心中有佛，也有黑暗的恶，和撕不碎的
蓝天的衣角，当他漫飞，当他

看着暴风雪从草原深处汹涌
你知道，他多想望着屋顶上的
炊烟敛起日落的眉毛："这无非是
死，不过是死，也仅仅是死。"

日 子

村头那棵老柳，一到
春天，就会长出一些孩子们的
笑声；冬天，它还会用手臂
埋掉几头白发。在此期间
它肩上的鸟鸣，偶尔会倒映在雨点儿
编织的天空，而刮碎秋风的黄叶
则漫无目的地掠过一个又一个
干燥的正午。每次我从它身边路过
总觉得它柔软的细枝，就是惶惶
不知终点的日子，这些年来
一直用黑白分明的鞭子，一寸一寸
勒向我声带渐哑的喉咙

生日颂
——给自己的四十岁生日

在变成被囚禁的灰雁之前
我一直心怀蚯蚓的梦想
极力避开寸寸刀锋，但避不开
夜晚的明月和倾斜的肉身
今天，我站在积雪的大树下
接听母亲打来的电话：
"那年你十八岁，从一片天空
飞向另一只鸟巢，现在它们如此接近。"

与蟋蟀一夕谈

夜晚的露水深如月光
和你不同，我观察夜色的方式
是用反复于床榻的失眠
但我们一起跳跃
闪烁其间的草籽
如白马，在半空中起起伏伏
让掩藏于身体中的黑
不断地变换音调
就像你带着歌声的翅膀
越来越低，我来自时针的
想象，正慢慢地
被埋入光阴的掌心
当夜晚合拢，我们仍站在
传统的秩序上，飞去飞回

赋杏花

早起的雾把孤单的
眉毛打湿了。你站在那儿，扎着
月牙儿的蝴蝶结。而祭坛是只
漆黑的碗，你喝下它很久以前的秘密
像吓破了胆的逃婚女，伏在
村庄的肩膀上，冒着小雨痛哭

袖口上的水花

记得那是秋天，北风初起
一只芦花鸡在院门前，扑棱棱
扇动翅膀觅食，把它眼皮底下的

天空搅得更加湛蓝

而它头顶慢慢移动的一片白云
就是一个沉默而慈祥的老人
俯视着院中那个用尽全力
压水井的女人，眼神饱含
温暖而潮湿的忧郁

那时我七岁，以压水井的姿势
度过大半生的女人，就是我的母亲
一晃三十五年过去，每逢秋天
我就站在窗下，望一片又一片白云
被北风刮过来，又刮过去
仿佛那就是母亲用破旧的袖口
甩出的水花，和芦花鸡的尖叫声

缓　慢

一个热爱缓慢的人
不会让自己的目光
跑得太远，在乡下的清晨
雨滴比鸡鸣更懂得
抚摸心脏的力量。如果
你的脸上仍有时间
赋予的伤口，只需五分钟
忽然到来的简单生活
就赠你以反证：那么多的
大事件也完全可以终止
比如一只鸟，刚刚从头顶
飞过一段弧形的虚无旅程

大　雪

等了这么久，我只是想在今天
即将结束时郑重地告诉你
在杨树林落光了所有的叶子之后
在麻雀积攒了所有的叫声之后
在蔚蓝的湖水，全部结冰了之后
在屋顶的北风收起了黑夜的秘密之后
在远方变得更远近处变得模糊之后
在可供怀念的事物一一消失之后
我也是一个眺望北斗且无家可归的人

（选自葛筱强诗集《秋风来信》，长江文艺出版社 2023 年 5 月）

《不朽的嫩枝》诗选

/ 唐城

写 作

王勃把滕王阁介绍给不朽
李白把闪电拉长到七字四行
屈原的叹息在离骚中轰鸣
大师如同谴责让人刻骨铭心
神，如果你存在，请告诉我
如何把迷路的词语领回它们的家

白色的鸽子

向上昂扬，盘旋于群星中间
直到饥饿的咕咕把它拉回草地
在苍穹与地面之间折返飞腾

在深深岁月里翻找，在滔滔长河中捡拾
每一回翅膀的扇动，一个翩翩的雕刻家
敲凿他的空间和舞姿，越过，又越过

难以言说的风暴，在紊流中迷途
通窍的时刻突然浮出豁口
啄食的玉米粒，亦如银河树上的星子

我抬头凝视，一群白鸽夹杂几只灰鸽
围绕楼顶的塔尖快乐飞旋
像一群灵感围绕想象的诗篇

那带它们远走的力量，又带它们回归
一群挣脱石膏的模特，不厌其烦地示范
是劳作，是消遣，也是颂歌

关于老虎的诗

就一个有成就的诗人而言
我更愿意读他的选集，在他的全集中
十几首好诗夹在一堆不那么好的诗中
三四首坏诗为一首好诗做原料
如同三四块劈柴生出一股火焰
那灼热的火焰，引出一只老虎
从老虎直接到老虎，从物到物
这是布莱克的老虎，他自己是一只老虎
粗壮，有力量，咄咄逼人
他写了一首原诗，原型的诗
从老虎到名词"老虎"
从物到词，从词到物，这种诗人有发达的直觉
通常女诗人居多，她的词与物合一
没有媒人，直接结婚
既是语言中的老虎，又是丛林中的老虎
第三种老虎，从"老虎"到"老虎"
从词到词，物是一个背景
这是一种纯诗，唯语言与唯美的诗
如同一幅刺绣的图案
花拳绣腿，让人愉悦，这是一只非老虎
远离了它的本性

还有一种思辨的老虎，第四只

物经过大脑才能到达词

老虎在诗人大脑的笼子里盘桓

他对老虎思考愈多，老虎愈模糊

他的词追踪物，捕捉物

他挖掘愈深，陷入愈深

他逼近老虎，老虎也在逼近他

粗鲁的喘息，惊悚的眼睛，血盆大口逼近他

老虎逼近"老虎"，他的词吓得四散逃离

他惊惶地退缩，一个字也没跃出

他的全集中没有这首诗

他最好的那首诗

正月初八

要发不离八

此起彼伏的开业鞭炮，像烟火的波涛

把我拍醒，阳光铺满床窗

我要是那阳光该多好

自在，慷慨，不怨也不怒

把无边的喜悦漆在人世

我要是那鸟巢该多好

挂在暴风雨外面，庇护生灵的不安

没有流亡，适得其所

我要是在月亮上最美的地方

有一所屋宇，窗户向下开

俯观人间悲欢，与烦恼相隔三十八万公里

人被日常的逻辑锁链套住

嵌在庞大的机器中，日夜磨损，消耗，无可奈何

似乎有个破洞，将片刻的满足漏光

我要是活在其中又超脱其外

那该多好，莲花仅比淤泥高出半头

就让它如此之美，摇曳生姿

先　知

他说话，他是他自己的耳朵
他的声音是他自己的回声
他走路，只有他与他自己同行
连影子都没有
他体会到孤寂，有时不免抱怨
他像一滴水跑得太远
许多年后，整个大海才会追赶上来

读《曼德施塔姆夫人回忆录》

一只尖利的饶舌的金翅雀或骄傲的
小公鸡，没有羽毛和爪子

一个来自古罗马的诗歌殖民者
捅了词语的马蜂窝，惹怒人间的蜂王

他的面包圈，只有中间的空洞
他承受马蹄的肉里没有铁

这是两个脊柱的碰撞，也是两个黎明的决斗
一边是人道和艺术，一边是强制和奴役

还有一个傻丫头跟着他，陪他穿过
最漫长的暴风雪，这是怎样的至福

那些诗稿终将重见天日
诗歌、爱情、月亮的双翅将他超度

黄金是石头的敬礼，是献给世人的

长笛，经历了炼狱的吹奏

（选自唐域诗集《不朽的嫩枝》，长江文艺出版社 2023 年 5 月）

《醉酒的司娘子》诗选

/ 杨不寒

夜读书

这里有太多故事。绝望的爱
深山的灯盏。锈掉的剑

多少人穷极一生，在流水尽头
也没有找到生活的答案

每本书的封底，都是凉薄的墓碑
镇压着词语和意义的不甘心

夜色已深，我也合上了书
重新走进那些日复一日的梦

所有被尘封的魂灵，不被谅解的后悔
趁着人们睡去，才纷纷从书脊飞出

化作我床头的千纸鹤，越来越多
直到满屋子都是白色的声音

知北游

用一个故事，或一番道理来开头
都无助于我们的郁结。渴望得到答案
就是我们的问题
一切都埋藏在昨天，而昨天
只是一束已经凋谢的萱草
喑哑，在深秋的坟边
死亡那么神秘。风挟带山谷的气息
经过我们，像是友好的商人
忽然间，就算计得我们叮当作响
只剩下了今天。小娘子，吹向我们的
究竟是些什么？你为爱揉红的眼睛
美得过于抒情。当然了，昨天
的确值得再过一次。蜡烛散发洁白的芬芳
蜡烛如你情人的手指修长。两只酒杯
尚留在餐桌上，完全没有碎裂的预兆
记忆是遗憾的另一个名字，把我们
流放到此时此地。看过的电影
不再产生惊奇，触摸过的头发
落在另一个人手臂上。我们全部的仇敌
原来只有时间，这唯一真实的幻象

如梦令

醒来这件事，常常让我
感到困惑。另一个世界里的我
在经历些什么？

在透着光亮的缺口里，我看见他
吹着口哨穿过马路

我们有着相似的面孔，只是他并不忧心忡忡

我在这里辛苦经营的一切
也曾让他在醒来时略感忧愁
但大多数时候，都被他抛诸脑后

二十多年了，我仍被困在他的梦中
沙质的轨道
让一切奔波都显得徒劳

看元人王蒙《仿王维辋川图卷》

所以轻盈是假的：你的云烟忧愁
你古老的卷轴山水寂寞
院落深深，隐居之人偏远的灯盏
如是不灭；隐于重山之中，却被人
惦念的悖论，如是昭彰。被临摹的一生
千年后围观的背影，一切都在
告诉你：你躲不过。你躲没躲过？
关于过去的沉重，和无法逃逸的生活

此刻，你认识我，我也看见你
皱了水波。也许你会发现我
同样拥有一些山丘，也拥有一眼深渊
神色严肃，拥有不得不留白的部分
拥有残破的秋叶，和碎裂的石头
你会发现我也拥有不可束缚的花鹿
偶尔闯入我的云烟忧愁，山水寂寞
发现我每一次落墨都费尽心机
却依然无法写好一个普通人的生活

南　山

只有夜深时，我的南山
才在那面书墙上露出小小的轮廓

它如此沉默，又如此富足
听不见一丝风声，也不见猛兽的足迹

那些在台灯下坍毁的夜晚
破败的往事一段段落在肩头

有时碎成一堆石头，南山的菊丛
和落梅伸出双手，将我砌回我

那些爱过我的人，恨过我的人
素未谋面的人，忘掉我的人

如果你来，我便在南山下沏一壶茶
你会明白我的心事，我也愿了解你的苦涩

采莲曲

碧绿罗裙，折叠大半个
湖面和一整个黄昏
木桨轻移，玻璃不断碎裂
世界慢慢朝荷花池聚拢
假如她开始唱歌，就会有鲤鱼一跃而起

她用双手从叶子间捧出一些露水
莲叶田田，荷叶高举
收敛起白色翅膀，昂着脖子眺望

——哦，白鹭也发现了
她折断莲蓬的瞬间
整个宇宙，发生了轻微的倾斜

在鹿八森林

我爱蝴蝶和云朵轻盈的肉身
这远山之上，就连古老的松树

都如此轻盈，为我们送来凉风和阴影
在十万朵松花用尽之处

我们席地饮茶。浅草上薄薄的夕照
氤氲出高士卷轴，让我们短暂地出神

仰钟杯消退了钟声，成为陡峭青崖
升起烟霭，供白鹿隐匿

数盏茶带走下午。有整座森林与我们对坐
在沉默里，捧出满天星辰

望天门山

说起来真是奇怪，抬头仰望的姿态
并不总是让我们变得卑微

有时，也会变得更高大一些
整座天门山，会在我们的仰望中

被我们接纳。松树枝头，浮云成堆
映进眼睛，成为我们的一部分

如同那些值得敬重的人，用刻苦
的影子，轻轻悄悄地雕饰我们

但或许有另一种情况，更接近真实
或许在我们的性灵里，本就有一群

高尚的人，住在野花烂漫的山脚
日日仰望着我们身体里的崇山峻岭

深　林

就好像不是在城市中遇见的你
却是在山中。你身上有泉水、野草花
和小小野兽的气息。你一直把我
往更深的山林中引，告诉我
那里有一间松木做的房子，具备
一切幸福的因素：简单、宁静，并且安全
我放下戒备，跟你往林中走去
就好像是要穿过这座城市，走向
那奇妙的林中小屋

（选自杨不寒诗集《醉酒的司娘子》，长江文艺出版社 2023 年 6 月）

狄东占　绘
《齐鲁文明图鉴之十七》
36cm×48cm
纸本水墨
2022 年

域外

恨

/ 朴在森[1]　著

/ 李晖　译

座　席

随着你弹奏悦耳的曲子，
手指溯游于有弦与无弦之间。
我的心是否在此，这一刻
无法追溯啊。

无　题

大邱近郊的果园
远远的细枝上，

洋溢着苹果色泽
的日光里，

---

[1]　朴在森（1933—1997），韩国现代诗人，出生于日本东京，三岁后随家人搬回韩国。他从小家境贫寒，一生大部分时间都为经济挣扎，且一直身体虚弱，35 岁时第一次患上高血压，1997 年 6 月死于肾衰竭并发症，一生著有《春香心怀》《在阳光中》《千年的风》《在追忆中》等十五部诗集和多部散文集。朴在森的作品在题材上似乎固执地葆有地方性，以对地方、自然、童年和人类关系的亲密描绘为特点，并带有独特的迂回、怀旧和反思色彩。朴在森的作品叙述省约，但意象丰富，细致地探索存在和记忆的主观和客观领域。韩国著名诗人徐廷柱说他的诗是对忧郁或者说"韩国人'恨感'的最细腻的表达"。

早晨摇晃着，当火车
像一场疾病，
抵达它高热的顶点。

爱啊，我的爱
如此的远：

这种时候
连缠在腰上的丝绸也是痛的。

恨

像柿子树什么的吧？
向着忧伤的晚霞渐渐成熟，
我心之爱的果子
在那里成熟。

只在另一世界才可以尽情舒展，
仍在我想的那人背后隐现，
从她的头顶飘落而下，

或已成为
她曾希望种在
她院子里的
巨大悲痛的果实。

还是说她会理解，
假如我说那果实的色泽
是我全部的悲怆，
我前世所有的寄望？

抑或那个人
也是满怀忧伤地在这世上？
不知道，我不知道。

喝了几杯

喝了几杯后，酒
让我的身体转了好几个圈，
要在这世上走失了。

你大概不知道
就连走向你身边
这丑陋的姿态
也是好不容易借了些酒劲儿。

院子里丁香开着
兢兢业业地
把香味飘散过墙外头

说它远就罢了

要说到日月
星辰的距离啊，
还能怎样，说它远就罢了。

所爱之人
与我间的距离，
既无法丈量，
也是远远的就行了。

这些东西
在一碗凉水里

隐约浮现，
也无法细看。
现在口渴难耐
除了喝下这凉水
我不作他想。

卖糖人的剪刀声

疾病在身上迁延，
像不得不偿还的债务，
但那样我也能对付。
卖糖人的剪刀突然响起
开始了它的新乐章，
将灿烂的宝石
撒在我精神的草地上。

要是我出去
步入卖糖人的剪刀声——
阳光亲密的伙伴，
拿起剪下的一小块
就尝尝味道，
大自然的法则会不会被揭示，或者
我是否会抵达这一错念：
我已经转过弯，踏进
通向永恒的路口？

来自一首著名歌手的歌曲

松树枝间拂动的风儿；
怀着此温柔的躁动，我的爱，
我也想那样触及你。

但这是
八十岁都实现不了的
梦啊。所以，就用这沾着肉，
带着血的嗓音，我唯一独有的
财产，从我耕种的田里
拔出，扯断根和枝干，
从撼动到核心的我身体的
最深处，我唱给你
这首歌。

家乡的消息

哦，对了：那个药店，大室，
小溪边上那家；
那呛人的、所有干药材的气味：
我知道，我很熟悉。
不过你说的那个老人——
留着漂亮的络腮胡，
体格那么结实；
你说他走了，去世了？
都已经好几年了？
然后下来一点
八浦上面村子的拐角，
来自蛇梁岛的昌权的姑妈，
那位年纪大了还在卖酒，
总是用茶籽油
抹头发的婆婆呢？
你是说她也像风一样消失了？

这样的消息又能怎么办呢？
一切最终都消逝，过去……
但只要上山去的竹林

仍旧在阳光和风中
四处摇曳着光亮和凉爽，
下面池塘里的水安然不动，
而岛屿懒洋洋地漂浮，
我就还能心存感谢，
仿佛这些仍然是我的事情。

神仙下棋

为了一步
一千年过去了。

为下一步
又一千年过去了，但

仍未响起
落子的声音。

某月某日

想着黄土丘
长日炎炎下在灰尘中
脱皮的疼痛，你是否也想到
那呼呼呼刮过的风
扬着尘土？
妻子啊，刚才你也像土丘，
躺在太阳下，胸脯敞开着，
看着蜿蜒的云朵，似乎很好啊，
而药壶在院子的另一角沸腾。

山水画家

从前有位山水画家
除山和水之外什么也不会画
于是，他把鸟叫声
一颗颗，奉献给神灵
阳光，和风也
一并奉上；

只剩下一支笔
就着淡淡发亮的空气
对着聋了的山和水。

空院子

所有人都离去的院子里，
木兰花盛开着，

一半枝丫
在此世，其余的在另一世界，

在远离人居住的地方
静静开放的花儿啊。

无　心

有时，风
吹过芭蕉叶子

水滴随之
灿烂地坠落

这纯粹平静的时刻之外，
生命一无所求。

新《阿里郎》[1]

放着那山，那海，
我的爱，我永远无法抛弃你。

无论我看什么，
目光都邈远如你的山
望出一百里之外；

无论我做什么，
额头都清澈如水
如镜子映照出我的过错；

要拿你怎么办呢，
你的嘴唇，热情欢迎的村口
到处开满桃花和樱桃；

而那生长茂密的森林，
你清凉芬芳的头发，
我要如何是好呢？

那回乡的路上山的胸乳，
啊，无论我干什么，
做何种努力，

因为那海、那山

---

[1]《阿里郎》，最著名的朝鲜民歌，诗句和旋律版本繁多。

是我的爱，我永远无法忘记你。

朋友，你走了

朋友啊，你走了
而我疑心，看不见你在世上，
是否有别的东西代替你
来平衡这思念之重
就像树叶凋落处
恰有风的重量
盘桓枝头。

所以今天
我拨开文字之林
奋力写诗，清楚地知道
它们没法与枝头
盘桓不去的风相比。
朋友，你的离去令我
刻骨地感受到
这事一点也不寻常。

我的诗

看那边：
除倒影之外
浑然无知的树叶，
绿得发蓝，
阳光下闪着亮，
将身体在和风中
摆来摆去，
只把生命的光辉
留作这世上欢乐的歌。

但也只有一时，
那最珍贵的一幕就在最后
消逝。看着这
彻底的无欲无求
我感到空虚、羞愧。

我写诗，
记录下希望
我死去后
留在这世界的东西，
却无法达到那些树叶的
清凉与深邃，
这虚浮之举的空洞感
将我瓦解。

雨　天

此刻，悬崖的黑刀刃上的雨滴
坠落时一定在颤抖，

摇曳的珠帘外，高高在雾里，
我能感觉到，盗贼隐隐然出现，

我焦渴的心，仿佛一根腰带松了开来，
越发迅速地，战栗着靠向我的爱人。

酷暑日记

三十多度的高温中
没一片叶子晃动。
坐在阴凉处
渴望来点儿过路的阵雨。

蝉声如火如荼
像突破封锁的消息。

酷热，像下来一道
愤怒的咒语：我只好把脚
泡在溪谷中，无精打采
摇一把扇子来缓解；
不再像六七岁的孩子那样
在水中玩耍。

离衰老还有很长一段路，
青春还剩着数英里，
仍担忧前方的路
走不了那么远。
我用敲打绝壁来计时。

死亡之歌

是缓缓而至，
像苎麻布轻触冰凉的肌肤，
还是像阳光和风，在水上盘旋？
或者，我们的死
闪电一般突然且令人惊骇，
像一场高速公路车祸，把一切撞成碎片？

朋友啊，把笑声、美酒、女人
和无数盘棋局的乐趣
都抛在身后的遗憾
我何尝不知道。

但我不去理会，
一天又一天过得还不错；

早晨三四点钟醒来，也就是
把旁边睡的妻子和孩子推到一边，
我仔细琢磨这死亡，琢磨它
如何蓬勃生长，静静地，裹着一层细灰；
一边计数交织着感激和羞耻的念珠。

一　意

脱了衣服的云啊，
你总飘浮在我精神的半空。
我的身子跑了，所以现在，傻气地，
我将只用我的心意靠近你。

把额头贴着宝宝的脚掌

两岁大的祥圭，
在小巷和院子里危险地
蹒跚了一整天之后，
现在睡了；
你漂亮的小脚丫
翻过它们鞋底下
巨大的太阳：
来，就在你父亲的额头上
试着踩一步，
比石子路还要险峻。
这般柔嫩，没弄脏的脚丫。

在风面前

去年冬天，风
不顾我椎心彻骨的悲痛
挟了我的朋友

爬到了地下，到地下。

但现在
带着某个复苏的灵魂
它爬上这株银莲花的茎秆。
有生命真好啊，
凡有生命处，
即迸发一片欢腾。

风啊，风啊，
我的路，在你面前
总是一片渺茫。

小　曲

我们可能认为那只蟋蟀除了唱歌
什么也不知道，
但会不会，看上去，它要碾碎
它细弱的脚落下和走动处
月光下的影子？

今晚我
释放出的叹息
落在了我爱人的肩上，
千钧重的
骨头和肉的疼痛啊。

至于爱情

爱情
自连翘花丛中
现身，然后在冬天

空旷的怀抱，
在光秃的树枝间
当着雪花轻落，一种
朦胧的白或令我安慰时，
只给我一个背影；
直到蜜蜂开始嗡嗡叫
似因为可怜我
就要回来，却消失。

（选自微信公众号"李晖译栈"，2023 年 7 月 22 日）

心理疗法

／艾米丽·贝瑞[1]　著

／得一忘二　译

母　亲

　　母亲去世时，我发誓我会永远悲伤。然而，尽管我某些部分确实仍然悲伤，但大部分没有，于是我逼着自己忍受愧疚感，因为我一而再地献出一块又一块身心，这些部分是我原本坚持认为只属于母亲而不会给任何别人的。我也想过将来某日转世，我会努力解释（"怎么说呢，你走了，我该怎么办，我不可能无限期地等待，我必须照顾好自己……"），但这些借口没有一个听起来有一点微弱的说服力，相反，我看到自己痛苦地站在那里，承受我应有的惩罚，也就是，她的愤怒和被弃感，最终占了我上风，成为我的感觉。

心理疗法

　　心理疗法班只有两位男性。一位是个年轻人，来自另一个国家，他的表达方式和习惯让组里别的人感到困扰，但我们无法确定这种困惑多大程度上是偏见，是因为我们对这位年轻人的母国文化习俗缺乏理解，有可能在他原籍国他的表达

---

[1]　艾米丽·贝瑞（Emily Berry，1981—　）是英国"80后"诗人，2017年到2022年，她担任英国阅读量最大的诗歌杂志《诗歌评论》的编辑，2018年被选为皇家文学社"40位40岁"作家之一。她已出版了三本诗集：《亲爱的男孩》《陌生人、宝贝儿》《未耗尽的时间》。她善于也经常使用很戏剧化的言说者——往往是年轻女性，她们依赖年长的、更有权力的长辈，甚至受制于她们，这种张力场成为她展示情感复杂性的舞台，使得她的想象力和腹语术得以充分发挥。

非常合乎常规。他总是从悲伤的深井中汲取一桶桶漫溢的水，然后几乎还没有任何人瞥见时，他就再次把它们丢回原处。至少，我们是这么猜测的，因为他通常会保持一种深藏不露、不可渗透的沉默。这种沉默有一种平静得像一种固体或者也许是凝胶的湖水，那氛围令人倒胃，像是某种物质被薄膜密封住，那给人的印象是，用薄膜是因为那种物质害怕暴露于空气而受到污染。

房　子

我们住的这个房子，以前有一个男人在里面自杀了。他打算今晚六点再做一次。我们必须准时再经历一次。我们已经记不清有多少次了。第一次重演时，我们都跑到了外面，我们无法忍受再经历那么一次。现在，枪声响起时，我们甚至眼都不眨一下。除此之外，没有任何变化。我们第一次犯的所有错误，如果是错误的话，我们就都记得。这些错，我们每次再犯一次，都会认为这次可能会不同。

嘴　唇

我们去拜访一位老妇人。我忘记了最近死了的是她侄子还是孙子。我们坐在厨房桌子旁喝茶，那女人哀叹着她身上有很多东西都在掉落。我问她掉落的东西有没有哪个是可以给我们看看的。她抓住下唇，我马上看出来了，那下唇和她脸上其余部分并没有连着，而只是插在她嘴上。她把下唇放在盘子里递给我。它看起来就让我倒胃口。为了讨好她，我拿起刀叉，切下一小块放进嘴里，我咀嚼了很久。我坐在那里，对老妇人微笑，很痛苦，因为现在她没有了下嘴唇，说话时下牙露出来，所以无论如何，我也吃不下她给我的东西。

空空荡荡

我收到一位朋友的消息，宣布她怀孕了。她追加道，孩子出生时她就要死，她想在那之前与我见个面。我想到我自己的子宫空空荡荡地悬挂在我体内，简直被喜悦穿透了。我说，对不起哦，我很忙。

船

　　我爱的男人和我乘小船游海。海水汹涌浪急，我们有一种不安之感。我向地平线望去，只见远处聚集起一股巨大高耸的海浪。很快巨浪就会到达我们的小船，我知道它会吞没我们。我转向我的爱人，绝望地拥抱他，告诉他他对我有多重要，我多么感恩我们在一起度过的每一分钟，甚至包括痛苦而又无比珍贵的最后几秒，然而他根本就没有理解此刻的严肃性。

（选自微信公众号"读译写诗"，2023 年 5 月 8 日）

推荐

推荐语

/ 李寂荡

　　孙捷的诗歌是"言之有物"的，我这么说意思是，他的写作是"及物"的写作，而不是凌空蹈虚的那种。他的写作是面向当下的，面向现实境遇的。他那近乎铺陈的描述，为我们呈现出现实丰富的场景。可以说，他的诗充满了多种物象，他这种物象并不具有传统诗歌那样的目标——营造某种意境。我们生存的环境，面对的事物，可能都是大同小异的，因此"熟视无睹"，但诗人的能力就是在这种熟悉中见出陌生。因为他异常的目光，异常的精神，让我们看见了熟悉的事物中不同的一面。戈迪默说"回复的诗艺"能够显示故事之上的精神。她指的是叙事作品，而诗歌能彰显出物象背后的精神，所表现的既是生活中显在的一面，同时也是被隐匿的一面。诗歌不是记录，这些物象都打上了诗人的个人精神印记，其中蕴含着诗人的生命体验——他的思考，他的渴望，他的梦想，他的喜悦，他的痛苦。

时间的一面之词

/ 孙捷

谈　判

它们显然是有形的。漂浮的白云
也是它们的幻化之物。也许刚才
它们还在水面上反射着阳光的皱纹。
每一个夜晚，我都打开灯，以便看清它们真实的一面
与之谈判的过程，枯燥而艰难
所有的条件，都曾经被人提及
抽屉中的表针，墙面上的阴影
这些我以为视而不见的东西
都是它的筹码。我紧咬着牙一直不肯松口
好在这个白色的胖子或者是黑色的瘦子
技巧高超，态度婉转，从未让我陷入真正的被动。

预　感

一个对自己暗下杀手的人
对秋天具有何等的洞察力？
这一点我不想深究。夜晚
当我向那个远去的背影挥手告别
墙角的蜘蛛对此显得不以为然
对于过去，每个人都有一片熟悉的旷野

一棵草，一棵树，一朵云
时光的消逝，总能在其中找到痕迹
如果需要，死去的篝火还能重新燃烧
枯萎和新生被一些人证明是同一个事物
人类终究无法像鸟群那样做到来去自如
在秋天，当鸟群扇动决然的翅膀
大地上就会吹拂起一阵预感的风
一些人心甘情愿，把自己变成一只鸟
另一些人学会了收藏每一片坠落的羽毛。

对　话

远近皆宜，你的样子像贴心的旧家具
这么多年擦拭，成了生活的一部分
多年来，我荒废技艺，手指上的老茧
终于被生活抹去了。那首曲子遗忘的过程曲折
对此你一无所知。 你仍然待我如亲人
为此重操旧业，只为内心之爱
未来也不会改变。回忆是一座静谧的湖
深夜常常感动于此。近来常在山中行走
形单影只，飞鸟无踪，山谷空旷，时有小雨
松涛阵阵，回声仿若幻觉。

虚无之美

偶尔的北方之行，打开了更多的开阔地带
也体会其中虚无之美。失败的荷叶
已经被清理干净。一群老人跳着荷花舞
在北京西直门往东
那条形式主义的河流简洁、生动
很像一个排除了杂念的人。如今
水面上仍然漂浮着一群鸭子，水底下有

鲜红的锦鲤在游动，我曾经在最冷的日子里
在此见证过一条河的枯萎。
生命轮回，有时候并不依靠自然的力量
在这条河上，消失在时光中的河水
每年春天都会重新返回。

观察员

街道和行人特征明显，在异国小镇
要成为一位合格的观察员，就必须
赤裸着双脚，触摸坚硬或柔软
光芒中的海，蓝得很接近历史画卷，天边的一抹乌云
预示着另一些消失的桅杆。公路上灰色的皮卡

转弯过于直接，灰尘提前暴露了主人的身份
一个站在悬崖边的孩子是一支锋利的投枪
将会准确命中一位单身母亲，尽管她早已千疮百孔
还有那些无辜的人，邮递员、牧师、舞女和医生
尽管都小心谨慎，仍然陷入了另一个完美的循环

我迷恋于观察这一切
反复探究一场横扫大西洋海岸的暴风雨
是如何引导小镇交出内心所有的沉船。看看他们
背道而驰的生活，真相或艺术隐藏在各自的痛点里
但被一只巨大的手紧紧地捂着，沉默是金
观察员常常匆匆离去，无话可说。

角　色

不同的季节我扮演不同的角色
在冬天，一个人去远方
看山，看水。目光忧郁

那么多轮子，想想吧，那么多
向前滚动的轮子。我扮演身不由己的人

在夜里坐在灯光下
举起一杯静止的水
从正面看，面无表情，从侧面
看，也是面无表情。没有人能够透过镜子
从后面看。这个人也不是我
只是我扮演的另一个角色

今晚我也可能扮演那个外出的人
坐在飞机上，看云层飘动，看星群旋转
闭目养神的时候，像极了
一位对终点胸有成竹的游客。

时间的一面之词

一只顺流而去的果子还没有
来得及登岸就腐烂了，它是一棵树
送给远方的简单礼物
一只从空中坠落的鸟
也曾经是大地送给城市的一个礼物

除此之外，世界呈现出了更多假象
鸟仍在天空飞行，果核仍然完整
我们常常被时间的一面之词所困扰
一场暴雨使城市陷入莫名的恐慌之中

在更广阔的区域，比如大海深处
和大地上人类精心修葺的宫殿里
时间的一面之词仍在发挥巨大作用
相比一盏盏点亮又熄灭的灯

围绕着沉船的水草，已经放弃了对沉船的占领
它们慢慢舒展开的身体比海水还轻盈

夜晚，时间仍在喋喋不休地表达
我看见闪电照亮天空，听见雷声滚过屋顶。

即　事

是往事加深了回忆，还是回忆加深了往事
还有漫长的时光，可以用来寻找答案

在一条山路上，更多的青草也在编织着回忆
当春日爬上山顶，繁花像一场盛大的梦境
装点人间
而一江逝水总有它的奔赴之地，即使
路途曲折婉转。那些依山傍水的村落里
清晨的炊烟刚刚飘散又传来几声迟到的鸡鸣声
几个晚出的背影像昨天一样
消失在树林之中，生活的节奏在这里从不会被打乱

阳光停留在树梢上的时间很长
但终有坠落之时，当一个探访者还想深入更远的山谷
犬吠声是一个善意的提醒
让他看到了梦想和现实的距离

我常常对人说起过往的经历
说起曲径通幽的古人和他们笔下的桃花源
仿若痴人说梦，我想说的是
要是能再慢些，我或许能停留其中。

答

对远方的无知，给人类规划了错误的道路
黄昏，暮云飘散
我们头顶的候鸟有准确无误的归途

那么漫长的距离是如何跨越的
没有奔赴的目的即是虚无？
春天时的茫然，夏天的追问
和如今的了然，都有各自的答案

在白雪环绕的湖边，一只恬静的鹤
证明我们对天空和飞行的认知
超不过一只鸟的翅膀
实际上，它可能还验证了我们全部的错误。

静 坐

冬日上午，一段墙反复出现在窗外
灰色的墙，灰色的天空
沉睡的词语
都是人生躲不开的经历，仿如

一个人的喋喋不休，仿如漫长的
仍在延伸的海岸线
也可以选择不看这些，目光长久地
从一株植物上寻找透光的缝隙

在一个房间坐得太久
朝向远处挥动手臂的欲望
就会降低，那些看不见的地方

很多美好的事物正在形成

或消失。时间的河水里
有激越的飞泻和隐忍的泡沫
也有大大小小的漩涡，一片
静止的树叶拥有感知一切的能力。

波　动

大地常常以波纹和流动来唤醒我们
它的呼吸是持久的——
群山和起伏的森林最容易被铭记

波动的构成有很多，阳光闪烁的金顶
林间跳跃的小溪，以及
峡谷中的猿啼，还有时光中
时而上升时而下沉的背影

一些看不见的波动
像长久的沉默，或活跃的心灵
手指轻翻，就听到美妙的起伏之声

而声音的波动比大地本身还要深远
而且清脆动听。

幻　想

那是更加接近天空的所在
蓝天深邃，阳光过于直白
空旷是唯一的安慰。没有云路过
道路笔直，所有的曲折
都埋伏在我从未接近的地方

寒冷而寂静，一幅时光的片段
穿越万里之遥。
南方的屋檐下，我手握一杯龙井
沉默，是因为想表达更多

有一些雪落下，但还未曾
形成雪原，都是无法触及的部分
芨芨草，灌木丛
杨树，还有更多生命正在迎来
漫长的枯萎，远望，一群褐色的牛

缓慢，从容，卡在各自的命运里
在远方，我邀请一只孤独的鹰
代替我做了一次幻想中的飞行。

中国诗歌网作品精选

顺从之美

/ 田湘

流水造出的句子如此动听
它一直沿着河道在流
像冥冥中接到谁的指令

流水一直在弹奏
像序曲也像催眠曲
如果遇到另一条河
就汇到一起
它顺从于这世间的机缘——

沱江与长江相遇了
这偶然的碰撞成就一段浪漫爱情

流水有顺从之美
——我也顺从
可我永远也学不会流水

登鸾亭山

/ 包苞

有瑞雾，有凤鸣。草丛中的瓦片
纹饰清晰，但它们
已是这高耸山头的一部分
而不是岁月的一部分

荆棘，总要比城砖和夯土
更经得起磨损。秋风
轻轻摇晃野山菊，满坡的野棉花

和岭头白云，在阳光下翻卷

山下人声喧嚷，掠过街衢
成群的山噪鹛不废聒噪
仿佛自有一套闲适的秘籍

林子深处，有人抱着树枝走来
一扇门，一直在花丛里等待

沙漠故乡
/ 刘涛

沙漠上方，有鸟飞过的痕迹
风越是使劲地吹
鸟越是在暗夜来到叙事的末端
列车将沙漠撕开一道口子
照见故乡泛白的炊烟

当炊烟成为记忆的一种方式
满眼繁花已为秋风落尽
故乡的枝头一片空白
相对于铁锹而言，世界只剩下
一只忘记吃药的沙鼠

列车在无名区转向
方巾在风中吹为白色
棉田中传唱着缺水的乡音
和一望无际的渴望

铁锹插在田埂
棉花分外地白
种田人久久未归

这一刻寂寥万分

孤岛镇
/ 王琪

总有一段路，需要在夏日独自走完
五更已过，我的旧梦，在孤岛镇醒了过来
再高的天空，也不过如此
一个切口，布下繁星、曦光之后
又出现了塔吊、刺槐和龙卷风

植物园里鸟声浓密
一群人脚踩黄土，望空了远方
这一次，四周再无荒凉
我们怀着敬慕之心，让模糊在地平线的丛林
与我们的内心保持一致平静

当远归的人和我们不期而遇
眼里的迷蒙，又一次模糊了村庄和湖泊
潮汐散去，而涛声未尽
电线杆上的空巢让飞禽有了新的想法

树枝上，枣花已落
几枚青果，躲在叶子背后默不作声
苍生相依，万物共存
幸好我们在孤岛镇都遇到了各自的欢喜和欣慰

空
/ 辛灵

那座山是虚空的，它把一个孤独的人
拽入它的空寂里

只让飞鸟说话

树上的啄木鸟，枝头唱歌的小柳莺
不去理会一个人的孤独
兀自在风的和弦下，弹唱着天籁

虚空并没有吞噬掉一个孤独的人
孤独却打开了内心的蕊，和着天籁
慢慢开出一朵春天的花儿

心里装着的石头，也一点点倒出来
空出的地方，装众神的莲花
还装万物的和声

心要挪空一点，留出一点位置
用无用的山色以及世间的好光景
换取余生里的山高水长

这些已足够
/ 刘颖

白云那么低，它们没有身世
走到我的眼睛里就
停下。我不能不是湖水

在春天的草地上躺着
我不用看，也知道桃花已修成雾气
没有鸟，只有鸟鸣落进我的木头身体
我不能不长出叶子

多么善良的误会，蚂蚁将我的脚背认作桥梁
请放心行走，我已稳固好这座悬念

风，吹过我的
也只我这么小

这些就够了
可以随身携带的人世
其实也就这么几种。好在

我已认出，它们全是光的形状
因为它们，我才活得不那么像人

山中来信
/ 俞昊杰

如一封信札筛去多余的修辞
当我想写一朵云时
群山的纸页，被月光对折了一下

飞鸟从林间取字
在落叶上留下干净的句子
我知道，那是寄给晚霞的

每朵花都是一个温柔的词语
信中，是许多页虫鸣、界石、松塔
结成籽粒饱满的青春

当你读到信的结尾
山风已吹过绿波翻涌的旷野
现出河水在山谷间行走

林中空地

/ 刘亚武

林子外面，几棵玉兰开着
如果没有一场雨
那些花依然是一袭紫裙
傲视着路过的人
让我有几次将探入密林的脚
又撤了回去
现在的凋落满地都是
素衣也裸露出来
这个时候应该和落花
拥抱告别，她们一定同意我
进入密林的长条空地
几处青石块，出现断裂
或是受不住神迹
青木，香樟，蔓草
环伺着，随时覆盖一切
如果没有一场雨
灰喜鹊或猫头鹰的声音
将穿透这些
南北旧楼的窗户密闭着
阳台空空，隐约有很久的
目光弹射着后脊
这是一条废弃多年的小路
树木或藤蔓，因为礼让
或恐惧，保持着它们的空位

狄东占　绘
《齐鲁文明图鉴之十五》
36cm×48cm
纸本水墨
2022 年

分野的诗：新媒体诗选[1]

---

[1] 分野的诗：本书新设小辑，精选首发于抖音、小红书、B 站、快手等新媒体平台的诗歌，展现当代诗歌新气象。

中国新诗的最近三次分野

/ 沉河

　　我所说的"分野"不是"分裂"，也不是"分蘖"，是基于一种事实：几千年来，诗歌的发展变化不是一种诗歌对另一种诗歌的取代或消灭，恰恰相反，不同风格或类型的诗歌会共存很多年，甚至永久共存下去，除非某种诗歌随着时代的大幅变迁而像某种古生物一样灭绝。一个人可能同时写新诗和古诗，也写新诗的不同风格的诗，对于他个人而言，不同风格或类型的诗都不可能在同一个人身上分裂。另外，分蘖是同一棵树上要长出不同的枝叶，其枝叶的相似度可高达99%，这就不能用于不同风格或类型的诗歌的比较了。所以，我认为诗歌的较大变化用"分野"来形容比较恰当。就像一块地里种庄稼一样，一段时间以来主要种小麦，一段时间以来主要种水稻。或者，同一片土地上，这儿种小麦，那儿种水稻，甚至某几种高矮不同、生长季节不同的农作物进行同一块地上的套种。

　　中国新诗，众所周知，是从古诗分野而来，这是几千年来，中国诗歌一次最大的分野。关于其产生的种种原因基本上已形成共识，这里不赘叙。

　　我想要谈的是中国新诗的最近三次分野：中国现代诗的诞生、中国当代诗的诞生、新媒体诗歌的诞生。而且，这里的前两种分野与西方诗歌对中国新诗的影响息息相关，最后一种分野即最新一次分野与中国古诗对新诗的影响息息相关。

　　我的主要观点是：（1）现代诗诞生于诗歌对以"善"为代表的情感体系和道德价值观的重新构建和重估上，即"上帝之死"；（2）当代诗诞生于对以"真"为代表的艺术与审美观念的放弃与解放上，即"体验之死"；（3）新媒体诗歌诞生于对整个诗学体系的脱离与对原初写作的回归上，即"诗学之死"。

　　为此，我以曾在小红书上写的四篇小文予以简单说明，纯属抛砖引玉，供真正的新诗研究者们批评。

为什么说"现代诗"发轫于挣脱"善"的束缚？

相对古典、浪漫、神圣的传统诗歌，现代诗只是更为当下、现实、世俗而已。对于它的认定，每个人都是摸象的一个盲人。我的看法是：现代诗诞生在资产阶级革命后的欧美，它的主要特点为：内容上不断解脱以"善"为代表的传统道德及信仰的束缚，抛弃诗歌的教化功能，而更为表露并张扬人性；语言上相对传统诗歌形式的整饰、规律和功能性而强调语言的自由性、本体性。

我们先看看历史：

1689 年，英国"光荣革命"后，建立君主立宪制。资产阶级登上历史舞台，进入权力中心。

1776 年，美国签署《独立宣言》，脱离英国的殖民统治，建立共和制。

1789 年，法国大革命爆发，推翻封建专制王朝。

从此，欧美进入了工业革命时代，神权及其支持与平衡的皇权被"资本"与"人权"取代。

1857 年，波德莱尔诗集《恶之花》诞生。这是现代诗的奠基之作。其中六首诗内容有挑战当时道德伦理的嫌疑而被法官判为禁诗。它走出了诗歌挣脱"善"的束缚第一步。但它保留着典型的传统语言形式。

1882 年，尼采在其著作《快乐的科学》中宣布"上帝已死"。尼采无非是说，资本让"这个人"觉醒了，"人"不再听从神权命令的同时，也面临着信仰缺失、道德沦丧的困境。他预言"超人"将来。可他错了，"超人"没来，纳粹来了。不久后，世界爆发两次世界大战！

1911 年，中国辛亥革命推翻封建帝制。随即爆发新文化运动，新诗诞生，一下子与西方各种风格的诗歌相接触。

1916 年，瑞士弗迪南·德·索绪尔出版《普通语言学教程》。此书改变了整个西方文学的生态，让语言成为文学的本质。

1922 年，出生于美国的英国诗人艾略特发表《荒原》。它不仅在内容上彻底与"善"隔绝，更在语言形式上大胆地将小说、戏剧的写作手法运用于诗中。

1953 年，罗兰·巴特发表《写作的零度》，总结了现代文学的特征：解脱情感——意义——道德——善——对写作的束缚！

1955 年，金斯伯格朗诵他的《嚎叫》一诗。现代诗对"善"的挣脱登峰造极，走上了另一个极端，这也标志着现代诗在西方的没落。

但中国的现代诗运动才刚刚开始：

1986年，《诗歌报》《深圳青年报》联合举办"中国现代诗群体大展"。

子曰：诗三百，一言以蔽之：思无邪。"无邪"即"善"。

中国诗人几千年来都未曾违背过孔子这一判定。但二十世纪八十年代始，"黑夜给了我黑色的眼睛，我却要用它来寻找光明"的"一代人"从"朦胧诗"开始，踏上了中国新诗现代诗的征程。

为什么"当代诗"无法"真"？

佛家说：同船过渡，五百年修。在古时，人特别看重与他人的相遇，谓之缘分。如果你们一同搭伴坐马车或步行有过几百上千里的旅程，你们的情感便随着路程里数的增长而加深。因为你们在"体验"，在互相用身体验证对方。

所以在汽车火车飞机发明之后，曾经遥远的路途变得近了，人与人的关系却越来越远。"尽管人们征服了距离，但万物的近仍渺无踪影。"（海德格尔《物》）因为"体验"的匮乏。

更大的变化是：电脑和手机的发明，互联网和AI技术的诞生。

情书由煲电话粥替代，过家家和躲猫猫等玩了几千年的儿童游戏被动画片和电脑游戏替代，旅游被风光片替代，探险即将被无人机替代……

"体验之死"成为"上帝之死"之后的又一个重大的哲学命题。有哲学家说："体验之死"即"人之死"。这有一定的道理，因为人即将被机器人替代。

而体验之死带来的最大后果即"真"的丧失。因为人们还是信奉"眼见为实"的道理。

那么回到诗，这个人类情感与智慧的敏感物，体验之死的第一反应就是在当代诗中，再无法"真"！鲁迅先生说："当我沉默时，我感到充实；我将开口，同时感到空虚。"当代诗给人的印象即是如此：当它不知所云时，它是实实在在的好诗；它想说清楚什么时，它就没有诗了。

所以真正优秀的诗人是天生的思想家，他永远用他的作品来第一时间反映人类文明的不断变化。从现代诗的对"善"的束缚的挣脱到当代诗的无法"真"，诗歌作为一门语言艺术唯一没有失去的是特殊的"美"。我很赞同本雅明关于文学艺术品的"光晕"理论。他以为真正的文学艺术品正如具有神秘性、模糊性、独一无二和本真性以及不可接近性和膜拜性的"光晕"。

关于"体验之死"的命题，有兴趣的朋友可以去学习当代意大利哲学家阿甘本的著作，特别是他的《童年和记忆》一书。而使他深受影响的另两位思想大师海德格尔和本雅明早就关注到这一问题。海德格尔对"距离"有过现代深刻的论述，本雅明的"震惊体验"理论也从另一个角度注意到"体验的匮乏"乃至"体验之死"。

另外英国文学批评家伊格尔顿在其《如何读诗》一节中专门谈到"体检之死"的问题。

中国新诗自然没有与外界脱钩，从新世纪始，一小部分诗人就在努力做体验之死的写作，他们在诗中已经尽力放弃诗歌中的情感取向和价值评估，让诗歌更加语言化、"非人化"，从而达到求变的审美新向。

诗歌又到了分野的时代?

最近审读《诗建设》最新一卷"90后诗歌特辑"，有一个强烈的印象是：写诗者学历越来越高，本科生都很少，大部分都是硕士、博士、毕业后也基本上在大学和文化企业工作；其次，其诗风大都在本科时代受"学院派诗歌"影响，意象丰富深刻，语言复杂晦涩，句式和篇幅都较长。还有一个小细节：大多用本名写作，很少用笔名，更不用网名。

不禁联想到去年下半年"小红书"发起的"小红书诗歌联盟""诗歌解构计划"等活动中涌现出的一大批小红书诗歌，它们和纸媒上发表的诗歌大不相同。其作者同样大多是"90后"，甚至可能更多是"00后"，基本上是用一些个性明显、千奇百怪的网名写作，诗歌的展示方式也是各尽所能：他们把诗歌文字展示在各式各样的图片、声音、影像上，甚至把诗写在某些实物上再拍一个现场图片。

再去看一下其他新媒体如抖音、快手、B站等上的诗歌，也大致如此。

这些新媒体上出现的诗歌可以说是当代诗歌一种最新气象的表现。

它们的写作者基本不是传统意义上的诗人，他们在小红书等新媒体上写诗，可能最初都没有认为自己在写诗。他们只是在表现自己，用小红书的理念来说是"标记我的生活"，只不过选择了像诗歌样的文字形式。

因为更年轻，这些作者不在乎从当今新诗中汲取写作营养，更注重从古诗的语言中发现汉语的美。内容上更注重抒情性，特别是更为关注个我的细密情绪；语言要么非常简洁明白，要么华丽夸张，实际上都透露出一种对个性的张扬。

写短句、短诗是这些诗歌的一个比较重要的特点。它适应了这个"快阅读"和"泛阅读"的时代。当然"快阅读"有时也会沦为"浅阅读"。因为这些作者并不把做一个诗人当作他的人生追求，也不会认为文学就是他的事业，因此从读者的角度来看这些诗就只能考虑一个能否接受的问题。喜欢就接受，不喜欢就不接受，这是一种无目的写作和无目的阅读。

所以，我强烈地感受到，新媒体诗歌带来了中国新诗继新世纪网络诗歌兴起后的又一次分野。它不是对传统诗歌的取代，而是一种可能的发展，也许流行很久后它会和网络诗歌一样强行进入传统诗歌的体系，成为传统的一部分。

现如今，好多诗人思考最多的问题是：诗歌何为？我的回答是：诗歌，代替我生活。

同时，一个新的问题即将诞生：诗学何为？建立在分析论证基础上的现代诗歌理论可能对如此浅显直白的诗歌无用武之地，它是否会造成"诗学之死"呢？

你现在可能不经意间写了首"不动心"的诗

让我们继续谈"新媒体诗歌"。

老庄哲学的关注对象起点是"道"，就是整个世界的本源，然后终点又是"无"，
庸俗地说就是整个世界的终极。

因此，受其影响的诗人们，把诗歌抒写的对象一下子更多地转向了自然。因为"道法自然"。而且整个诗中都真诚或假装地透露出"逍遥"的姿态，追求顺其自然的生活。这样的诗歌构成了和《诗三百》及其影响下的诗歌的相对部分，比如说陶渊明后期的主要诗歌，比如二谢，比如大诗人王维等。

老子说："致虚极，守静笃。"虚是什么？静又是什么？我的理解是：不动心。毫不动"心"，才能达到虚静、物外之地。谢灵运、王维、孟浩然的所谓山水田园诗即此类。不是没有心，只是不动心。

后期兴起的禅诗又有了变化：放心。心不仅不动，而且要放下，达到无心之境地。

这两类诗在与儒学传统影响下的"兴观群怨"之类的强硬诗相比构成了中国诗歌中相对柔软的部分。

它们对中国现当代诗歌的影响越来越大，特别是对网络上写诗的人影响更甚，比如小红书诗歌。一些小红书诗歌特别强调语言的奇崛、唯美、无意义。这也是另一种"不动心"及"放心"之作啊。

这类诗因其虚静、物外的特点，往往会让读者及评论家无话可说：只可意会不可言传。

"大美而无言"呵。

像　山
/ 祺白石

我遇到了
五岁的自己，
他小小的个子，
回头向我跑了过来
抓住我的手说：
"请继续努力吧。"
我摸摸他的头说：
"请继续长大吧，
你会变成一座山脉，
连绵起伏在这拥挤
的人世间。"

好想当咸鱼啊
/ 焦野绿

好想当咸鱼啊
躺着呼吸，柴米油盐
都穿过我的身体
我日夜为我烧焦的生活
写一节一节没有刺的诗歌

温　水
/ 隔花人

嚼了很久口香糖
才发现没味道
日子过得没滋没味
也是过了很久才发现的

时　候
/ 蔡仙

他说不喜欢我
的时候
我正和
几个和弦较劲
本来想弹给他
听

儿童的定义
/ 终人快跑

我也爱吃土豆丝
我也爱看动画片
我也爱乱涂乱画
我也没有几块钱
凭什么我不能是小孩

夜
/ 曹韵

有人心碎一万次
有人读一首诗
有人藏器待时
有人心不死
有人请月亮穿过窗
裹紧被子
有人半夜收拾
想逃离城市
有人不知

已成为别人的心事
有人道一声晚安
却依然与黑夜僵持

天　黑
/ 琼林

天，忽然黑了
后来才发现
天不是忽然黑的……

天，渐渐亮了
后来才知道
天不是渐渐亮的……

在乡下的日子
/ 轻歌

日子慢下来，多好啊
学习一只山雀，不要熬夜，早睡早起
以野草为榜样，没有奢望，安于一隅
给时光自由，让它从小溪间静静流过

有时，一个下午，我什么也不做
只空出整个身心，装下那些走丢的岁月

孤　独
/ 白鹤林

从童年起
我便独自一人
照顾着

历代的星辰

距　离
/ 江时温

你只顾坐在湖岸吹风，
却迟迟不解风情。
难怪，
第一次吻你，
是用我的眼睛。

标　点
/ 终意

时间是个孤独的作家
傍晚的天空飘着些许省略
当落寞的夕阳按下了回车
月亮缓缓另起一行

人潮又起
/ 莫子白

那天黄昏，我立在长日的尽处
唤一朵疲惫的云缓缓地落在我肩上
想到日暮以后便是深夜
我在风里努力支撑了很久
我本应是一个活在小世界里的人
爱在轻风里放船，在落日下逐浪
习惯了过荒僻的桥，看小众些的风景
我从未幻想过，那些看闲云、看沧海的日子
某一天竟也变得，莫名的艰难
三十多岁，命运在人潮中央又掀起巨浪

爱与恨陷在里面，聒噪一片
我知道那些恋过的影子，早已渺渺难寻
我苦等的夏天，也终将离开我的身体
林子里散落的枯柴
和老人的手一样粗糙
时光一折就断
天黑之前
老人把黄昏带回了村庄

圆
/ 贩卖温柔日落

今天和看不见的爱人，
跳了一首华尔兹。
心里有爱人在的时候，
真的不会孤独。
即使你不知道那个人在哪里，
你们有没有遇见过，
你就是知道他是存在的，
在某个时空里，
在你跳舞的时分里，
在你心里。
那一刻，我感受到
我是完整的。

森 林
/ 江恒

我常常用眼泪
去浇灌一篇清寥的园圃

知道它长成了

我自己也走不出的森林

小 猫
/ 平仄

阴霾的天
我想扎进冗长的夜里
泥泞的小道野草遍地
明灭可见的果核花瓣
枯萎死掉的花却散发淡淡香味
这里的路灯像黑夜里独特的黄晕
草丛里幼猫的眼睛格外显眼
我凑近发现它小小的身影
它似乎是流浪的
但它也是自由的

一 生
/ 八月鸽飞

有心脏就别只展现骨骼,
有双眼就别只呈现轮廓,
我们一生里,
谈过四季、山川和湖泊,
最终却把一生送给火。

春 雪
/ 数一千只羊

我凿碎冻住河流的坚冰
他们说春天碎了

我绝口不提

那场雪在我心里反复了数个世纪

解 剖
/ 今年十九岁

我剖开了我的胸口，
里面很大，
大到藏得住整个宇宙。

我剖开了我的灵魂，
里面很小，
小到装不下一粒沙尘。

游乐园
/ 翟理思

为什么孩子们能得到更多的欢乐
而他们的门票却仅仅是半价

口 音
/ 叶之棱

说话带口音的人
是一株植物
每一次迁徙
都是连根带土的移植

成为一只狗
/ 写诗的凶猛小狗

想要
在这片了无生机的城市里
成为一只充满活力的小狗

人类为了将自己和动物区别开来
做了太多的努力
甚至忘记了
如何鲜活
如何充满生命力
让狗与精力
成为互相的代名词
如果我们说一个人
活泼、精力旺盛
就会说她是犬系
那么我宁愿做一条狗
在这片荒原上奔跑
成为唯一的接近智慧的
鲜活灵魂

我想要
/ 槐尘想吃槐花

我想要听见一个暗哑的黎明
吃下第一口鲜润的太阳
我想要一个洁白到骨子里的日子
不带半点记忆的尘埃
我想要一条植满梧桐的道路
劈开一个冰冷的褪色的世纪
我想要玫瑰，只要一朵
永恒地生长在绿色的大地上
无开无败，永恒地等待我

我想要一阵狂风，进入我
在我的骨髓里种下野草
从此拥有短暂而轻盈的一生
从此永远为自然律折服

评论与随笔

我们这一代人的宿命：历史对时间的殖民[1]

/ 冯黎明

遥想当年，自信满满的海德格尔打算在《存在与时间》中一举解决"时间与历史之异同"这道难题。对于海德格尔来说，存在的时间性是毫无疑问的，因为"时间性"意味着存在的"源始"和"本真"。出于对主体性形而上学的抵抗，海德格尔始终是将时间放在存在者所处的大地之间的，因为只有这样此在才能真正地远离主体性形而上学的诱惑，幸免于放逐之苦难。但是海德格尔又表现出一种从历史之中找寻作为此在的存在者之"在"的强烈冲动，于是《存在与时间》就不得不用许多篇幅来讨论"时间性"与"历史性"的关系问题——正是这一讨论使得海德格尔陷入了一场不可完成的论辩。当海德格尔把历史看作"曾在"指向"将在"的那些时间性存在的时候，他想在"时间"和"历史"之间找寻关联逻辑的努力事实上是失败了，因为这种从时间中提取某些要素来鉴定历史的做法并不能形成时间和历史之间的比对性判断，最多只能说明"有些时间属于历史而有些则不属于"。

我觉得像海德格尔这样谨慎地在时间和历史之间发掘差异的做法还不如像尼采一样，干脆就用时间性抵抗历史——或者说用查拉图斯特拉抵抗黑格尔。在尼采看来，黑格尔的历史哲学——或许包括所有的关于历史是一道因果逻辑序列的论说——就其本体论而言是对于生命的最重要性质即时间性的"虚无化"。在尼采那里，作为时间性的生命被纳入历史，这就是所谓"消极的虚无主义"在祸害人，其后果即"超人"缩减成为"末人"。或许是因为尼采没有海德格尔那种视"德国民族"为存在之大地的"返乡情结"，所以他拒绝同一性的"历史"对个人性的"时

---

[1] 本文为冯黎明教授的荣休致辞。

间"的殖民。尼采似乎并不十分反感康德的时间论，至少康德将时间处理为理性的先天形式而跟物自体无关的论说保证了人为自然立法的强力意志的地位。在历史问题上，康德又把先验的时间性导入目的论；历史在康德那里是大自然的一项隐秘的计划，它好像跟我们的先验时间又断了关联。

如果说时间性是我们人类的一种实存性的体验，那么历史跟这一体验究竟是什么关系呢？古典时代的智者们认为历史就是对于既往时间的记录，但是这一观念无法解释为何有些"时间性"可以记入历史而另外一些则没有记入历史的价值。比如小皇帝溥仪坐上龙椅哭闹不止有历史含义而四九城里某街市上或宅院里孩童哭闹则仅仅只是一种"时间体验"。所以启蒙之后便有了历史理性操动目的论、因果论、进步论等奥卡姆剃刀对人类既往的时间体验进行剪裁，继而还有了让尼采十分反感的黑格尔主义的历史哲学。进入 20 世纪后，法国的年鉴学派主张历史就是人类的各种时间性事件的记录，比如布罗代尔就为历史学分出"个人时间""地理时间"和"社会时间"三种变化速率不同的所谓"时段"。其实"时间性体验"本质上是"个人性"的，地理时间和社会时间等说法已经属于历史了。从学理上来说，年鉴学派所推崇的"长时段叙事"跟个人性的时间体验不可通约，因为我们一旦进入"长时段"，则必然忘却那作为存在之源始性的生命体验即时间性。布罗代尔相信历史能够客观且完整地书写人类的时间经验，但是新历史主义者们认为历史是在用"话语"对人类时间经验进行编码，而事件哲学则根本就不承认历史的连续性、目的性等，似乎人类的意义经验只有时间性，没有历史性。

中国古代智者们在申诉其历史学理时并不致力于寻求那种实证性的"史实"记录，他们更多的是想在既往的时间体验中找寻出一种"历史性"来，这一历史性就是某种具有"规律性"的事件内涵。司马迁说他写历史的目的是"究天人之际，通古今之变，成一家之言"，其实就是"透过现象看本质"的意思。司马光则说他写历史的目的是"鉴前世之兴衰，考当今之得失"，然后为王朝政治指明开万世太平的方向。这些历史学理的诉求都不满足于琐碎的日常生活叙事，它们只是关注那些跟"历史发展的规律"有关联的时间性体验。在历史的"伟大"光晕下，时间是如此"猥琐"——除非我们索性像尼采那样宣称生命不过是一场"永恒的轮回"从而不再去"伟大历史"中找寻意义和价值，否则我们大抵会在历史的"伟大"和时间的"猥琐"中不知所措。伟大的"媚俗"，还是"猥琐"的本真——这可能是莎士比亚跟米兰·昆德拉之间的一场调侃。

如果说时间是我们人类的日常生活细节，那么历史则应当是日常生活细节的归纳；如果说时间是我们每一个个体在日常生活中的事件性的体验，那么历史则应当是这全部体验的汇集；如果说时间是个人在日常生活中每一个顷刻生发的意义经验，那么历史则应当是串联起这每一个顷刻的链条；如果说时间是身体对于世界的每一次非隔离性的感受，那么历史则应当是这感受的"结构性"的储存；如果说时间是个人在"物"前的一次次掠过，那么历史则应当是这"掠过"的同一性记录……如此，时间就必然是事件性的、身体性的，而且是展现着"物之物性"的，与之对应的历史则是意识对于时间的逻辑构型、意义塑造、价值植入。要不然就这样说吧：狄更斯的《双城记》属于时间而卡莱尔的《法国大革命史》则属于历史。

伟大文学总是生成于"时间"和"历史"的裂隙之处。有些文学想把时间写成历史，比如《三国演义》，还有些文学想把历史写成时间，比如《围城》，但是在我看来，最好的文学是那些写出了时间和历史之间不兼容状态的文学，比如《红楼梦》，再比如《日瓦戈医生》。林黛玉在大观园的树丛间感叹鲜花之美，这是人的存在性即此在对大地的追问，也是物之物性向着存在的敞开，更是此二者的时间性显现。但是林黛玉似乎患上了"现代病"——她把这时间性的生命体验导向了"历史"。"桃李明年能再发，明岁闺中知有谁""一朝春尽红颜老，花落人亡两不知"，如此话语是在将时间的体验转化成为关于重复性或者规律、关于终极性或者归宿的思考。当林黛玉的时间体验被导入某种必然性的历史过程之中的时候，当下的"美"即将不可避免地毁灭于历史规律的悲剧感油然而生，林黛玉一时失魂丧魄，然后梨花带雨。在《红楼梦》中，"色"是时间，"空"是历史；"色"是大观园中的生命之情、之意、之身体、之物性，而"空"则是白茫茫一片大地真干净、千里搭长棚没有个不散的宴席等"必然性"。《红楼梦》看到了时间性的意义经验跟历史性的逻辑程序相互排斥不可得兼——正是这种现代体验让《红楼梦》成了中国第一部现代小说，也让林黛玉成了中国第一个现代病患者。

就像现代生活世界是一座由"应当"设计并建造的"如此"之广厦一样，在主体性形而上学的主持下，"历史"借助于现代性工程幽灵般蔓延于"时间"之中，于是我们的生命时间的意义只有在被历史所接纳的情形中才具有存在的合理性，或者说我们的全部时间体验只有在通过了历史的审理时才是有意义的。"历史"对于"时间"的殖民之所以可能，其原因在于现代的"历史"是依据主体性形而上学编写而成的一套"软件"，形式主义的知识范式、进步主义的社会结构、中心主义的价值规划等在主体论的激励下为我们的生命时间制定了一道打开、运行、升级和删除的编程，这道编程适用于人类的全部意义经验。任何现代个体，只有在将自我的时间体验纳入这道程序的时候才会获得存在的意义、价值以至于合法性——就像张爱玲小说《五四遗事》所暗讽的那样，男欢女爱只有从属于民族解放的伟大历史才是有意义的。更有甚者，某种现代的"历史"借助于政治权力而规训日常生活时间，"思""诗"以及身体、物性都必须脱离时间升入历史才能获得存在性。

现代生活中历史对于时间的殖民是一场无法逃避的宿命，任何现代个体都必须把时间体验交给历史才能进入意义和价值的世界。现代权力想方设法构造具有殖民法典效能的"历史"，这部历史借助于控制过去或者控制未来或者控制过去通向未来的机制而控制现在。福山先生正是见出了这里的奥妙，所以他指出所谓自由民主体制的完成即是"历史的终结"——终结之后人类就在时间的绵延中"永恒轮回"，而已。现代病患者们都执着于历史，因为现代人生存的时间体验必须得到历史的审批方才获得意义和价值；林黛玉养在深闺，但是也痴痴地发问："桃李明年能再发，明岁闺中知有谁？"想要人知和知人，这便是一种进入历史、获得历史承认的冲动，这一冲动既显现了林黛玉的"脱俗"，也种下了她的现代病。连林黛玉这样的孤傲者都寻求以获得"人知"的方式进入历史，我们当今之俗人，更是"无我"地投身集体、投身伟大、投身天下、投身各种意识形态关于意义和价值的设定，非如此而不能得到"承认政治"之承认——于是，哪怕洞房花烛夜，也要在"为人"之前学习一番治国平天下之道……

229·

米兰·昆德拉用"媚俗"来称呼此类现代病。不过他老人家有所不知，个体的源始性的生命经验即时间皈依于同一性历史理性，这场"媚俗"却为现代人构成了进入社会世界并获得意义和价值的通道。现代病的起源即是"这感觉真好"和"为人所知"二者间的分裂，而治愈此病的一个有效的方案，那就是接受历史对时间的殖民——就像黑格尔那样让绝对精神接受城邦伦理的教化。问题在于，现代性除了用历史把我们导入城邦伦理之外，还用"永恒轮回"启迪我们的自由意志。在崇尚自由的现代个人那里，身体、事件、物性等存在之源始性让我们清醒地意识到"此时此刻的感觉"对于此在之存在性的澄明有多么重要。所以我们倾向于接受那种跟时间尽可能兼容的历史，而拒绝那种在时间的世界里缺乏"民意基础"的历史的统治，比如在奥斯威辛、在大洋国。

所有来自"伟大"的历史叙述都令人怀疑。这些历史叙述总是要设定一个伟大的起源、一个伟大的过程和一个伟大的归宿，并用这起源、过程和归宿把我们的情感、物感、快感简化为"二手时间"，于是人间的历史变成了辉格历史。当这种历史叙述被升级为生活世界的构型机制，现代人的时间体验便被工具化、载体化、中介化并因此而失去了自我性。S.A.阿列克谢耶维奇在她的采访录《二手时间》

中借人物之口说："没有人教育我们什么是自由，我们只被教育过怎么为自由牺牲。"历史把时间变成了"二手时间"，二手时间用崇高杀死了时间本身。

当然我们并不否认还有一种"返乡"式的历史叙述，这种历史是从人类生活世界的大地中自然生长出来的，所以我们愿意将我们的时间体验交给这部历史，实际上年鉴学派就是想要写出这样的历史。克罗齐在某处说过，所有的事物都有其历史，历史和生命是同一个过程。倘若如此，我们则乐意将我们的时间经验交付给历史；毕竟我们人类作为社会性生物只有融入共同体才能获得存在的意义和价值，而历史则是社会共同体的"时间性"叙述，因此历史为我们每一个个体提供了表达意义感和价值感的空间。我们不可能脱离历史，就像我们这些现代人不可能回到穴居生活一样；历史是现代人实现自我的最重要的场域。主体性形而上学正是利用了我们的这一特性，得以将一种暴力化的历史程序塞进现代生活世界，使得我们现代人无可逃遁地把自身投入这部历史。

"二手时间"是 20 世纪以来的中国知识分子的基本生活形态。逐次上演的"国家大事"把诸个人的日常生活导入了一部以"进步"和"解放"为主题的历史，"大历史"给"小世界"套上一袭长衫，让我们的每一次爱恋、每一次心动、每一次哀怨、每一次快意、每一次感念……都关联上那定义世界的"历史的必然规律"。

依此逻辑我们也可以捋出两种意义经验：无时间的历史和无历史的时间。前者用"简历"虚无了感觉，后者则用"琐事"虚无了价值；前者如歌德的浮士德，历史进步是其维系生命的唯一动力，一旦停滞，顿仆；后者如"不知有汉，无论魏晋"的桃花源中人，永恒轮回地远离历史。F. 杰姆逊说过，后现代主义文化中隐含着一种"办公室与家庭的矛盾"。就我的理解，这一矛盾的本质在于，办公室中的我们有历史无时间而家庭中的我们有时间无历史——当然，我们可以试试在退休生活中找寻一种有时间的历史感和有历史的时间感，尤其是找找二者兼容的可能。

但是我很怀疑我们这一代人能否找到这种感觉，因为历史在我们的时间世界中的殖民统治太坚固了。

历史把一代人的生命简化成为一份"简历"，一份没有时间没有事件的历时性进度表格。

历史把一代人的时间经验改装成为空虚的共名，仅仅只记录下他们如何作为共同体之构件的"工作成就"。

历史把一代人关于生命意义的想象、筹划和书写置于通往彼岸的路径设计之中。

从历史退回时间，让时间归回时间，或许能在自我的世界里清除精神污染，洗干净我们的脑神经，就像武陵山间的那山、那人、那狗。

（选自微信公众号"武大文艺学之兴观群怨"，2023 年 6 月 11 日）

捕获那 "唯一之词"

/ 蒋立波

一

　　我们这一代人都是从二十世纪八九十年代那个抒情时期过来的，最早写诗大多缘于某种青春期的冲动，那时在大学校园里谈恋爱，一般在约会前都不忘先在口袋里揣一首献给对方的诗。也就是说，青春期的写作本身就是自发、盲目、黑暗、冲动的产物，词语需要裹挟热血、酒精、荷尔蒙、幻象加速度运动，呈现出高亢、尖锐的声调，像一列火车在不断的提速中一路狂奔。很长一段时间里，那种青春期延续下来的软弱的抒情，诸如未经审视而轻易进入诗歌的观念性的东西、空洞的大词和"圣词"、凌空蹈虚的"不及物"倾向，确实曾顽固地盘踞在我的身体深处。其实，当我意识到要从这样的"摇篮期"摆脱出来时，也已经不早了。我下决心要跟自己过去的写作分道扬镳，是在诗集《尚未命名的灯盏》出版之后（这本诗集里的绝大部分诗作已被我自己否定，但仍然会有读者不时向我打听哪里可以购买它，我一般都会断然回绝他们的好意）。我认识到我在某种歧途上已经耽误了太久。当然诗本身"既是大道，亦是歧途"（梁雪波语），必要的迷途与迂回也未必是坏事。大概是从 2008 年开始，我的诗歌中出现了一些新的变化，一种新的语言方式让我逐渐进入某种相对开阔、从容和沉静的地带。正如美国诗人埃伦·布赖恩特·沃伊特所说，"诗是一种说出的方式，所以我想铸造出一套工具、技艺的工具，有利于逼近那种说出的方式和灵视"。我觉得当一个诗人领悟出这样"一套技艺的工具"，他才算是进入了一种自觉的写作。说来惭愧，相比于很多早慧的同道，我是一个十足的"迟悟者"，我是在大多数朋友走了很远之后，才想到要奋起直追的那一位（而且这中间曾有六七年时间，我基本上是荒废了写作）。在这个意义上，我也是一名重新闯入诗歌圈的归来的"陌生人"。

二

忘了是哪位外国诗人说的，一位作家一生只有两次使用感叹号的机会。这当然很可能只是一个比喻的说法，但也能够说明写作中的某些问题。我觉得自己至少已经使用了一次，所以我必须保持十二分的谨慎，努力克制自己使用感叹号的冲动。我甚至愿意放弃这第二次使用的机会。但也有例外，尤其是在个别优秀诗人那里，感叹号却意外地获得了某种特殊的礼遇，比如在哑石的某些早期诗作中，突然出现的感叹号有时会像一枚烧红的铁块，被放置在冷峻的铁砧上予以强力的锻打，从而达成强烈的情感与经验的合金。这样的例子还可以举出很多，比如蓝蓝、狄金森……

三

"写诗的人写诗，首先是因为，诗的写作是意识、思维和对世界的感受的巨大加速器。一个人若有一次体验到这种加速，他就不再会拒绝重复这种体验，他就会落入对这一过程的依赖，就像落进对麻醉剂或烈酒的依赖一样。一个处于对语言的这种依赖状态的人，我认为，就可以称之为诗人。"这是俄罗斯诗人约瑟夫·布罗茨基诺奖受奖演说中的最后一段话。他精准地命名了诗人与语言相依为命的信赖关系，也就是说，这种信赖的程度越高，诗人对世界的感受力就越强，诗的言说也就越能触及存在的本质。而值得注意的是，诗人和语言的信赖关系并非是单向的，而是相互的，在布罗茨基看来，甚至许多时候不是诗人在使用语言，而是语言在使用诗人。但在我看来，他对诗人在写作过程中的被动性的夸大，也隐含着某种误导，因为在这种对灵感降临的等待和神化中，诗人具体的写作实践中对于语言的锤炼与锻造，那种长期的技艺熔铸与语言探索，有可能被有意无意忽略了。就我个人的体会，我认为自己从来不属于那种早慧的、才华横溢的天才，我的学徒期可能比一般人所能想象的更加漫长。在那些大师面前，我丝毫不会羞于承认自己是终身的诗歌学徒。当然，毫无疑问，诗确实是一台加速器，它帮助我们在混乱无序的世界的盲目运转中，搅拌经验与心智的碎片，建立起一种语词与伦理的秩序，从而自成一个微型宇宙。或者说，诗某种意义上就是镜中窥豹，我们从来都不可能看到豹的整体，而只是一个投影，一个虚幻的影子，那神秘、斑斓的一闪。也就是说，诗考验于诗人的，更多是一种重构、转换和综合的能力，它当然得经过具体的描述和叙写，但又必须超越这种"描摹"，上升到那种更大视角的观照，由此才有可能抵达当代诗应有的丰富、复杂与深刻。

四

对于我来说，在哪里写诗都一样，包括自己身上背负的那些地域文化基因，有很长一段时间我似乎曾想努力地摆脱掉它们。我可能更倾向于一种"去地方性写作"。因为诗歌作为一种特殊的知识，它不可能是一种单纯的地方性知识，当然有些东西是无法摆脱的，就像一个从母体里带来的胎记，它们肯定在无形之中塑造着、规训着我的写作，至少在诗歌里会有所体现，我想关键是如何转换、消化、激活这样一些板结了的文化元素与符号。诗本质上就是一种重构，它不能仅仅止步于现实的某种投影，而应该是一种类似于打碎之后的重新拼贴、熔铸与塑造，就像七天之后神对一个新的世界的创造。有一个有趣的现象，在我的老家嵊州，越剧的发源地，那里的人被外地人不可思议地称作"嵊县强盗"。这么一个越音袅袅、柔情似水的越剧的故乡，怎么也难以跟强盗联系在一起。但事实上，嵊州确实出过一个著名的辛亥英雄、绿林大盗王金发。所以说地域文化也不是单一的面向，越地文化中既有愤怒和沉郁，也不乏柔情与逸乐。

五

诗歌中的引用，我觉得它不仅仅是一种必要的修辞手段，而且还有可能是一首诗的有机组成部分，因为在某种意义上，诗歌写作其实是一种"互文写作"，我们都无可避免地置身于某种传统或经典之中，或者说，这是我们可以依赖与借重的文学资源和精神矿脉，甚至可以说，我们和策兰，和李白、杜甫，其实也是"同时代人"。记得西渡在回忆他的童年阅读与诗歌教育时说道，"在少年时代开始阅读屈原、陶渊明、李白、杜甫、孟浩然的时候，他们对我并不是古人，而是活生生的人类个体，真真切切地活在我的呼吸之间，也活在我眼前的自然中，与我分享着同一天地"。所以如果处理得当，我认为引用与化用也可以成为一首诗的有机组成部分，对一首诗的"原创性"丝毫不会有损害，相反，它可以为我们的诗带来一种陌生感和异质性，一种微妙的语言张力。这在古典诗歌中同样可以见到，比如在杜甫的某一行诗里，我们会发现其实存在屈原的半截诗，当然他这个是化用或者用典，但本质上也是一种"互文"。

六

诗人回地曾经从诗人形象的变化谈到我诗歌写作的某种美学转向，确实如他所注意到的，我近年诗歌中"公共主题的凸显，及诗句修辞强度的增强（不断出现的知识考古学倾向的观念化用词）"，与我曾经作出的一个诗学宣告正好逆向而动：我曾经强调诗歌语言的直接，曾经希望以"为光明和清澈发言"的姿态，宣叙族群隐藏的诗歌意志。这背后一个很重要的原因，就是"诗歌在现实语境面前遭遇的修正"。我认为每一位诗人，在这样的一种现实语境面前，都需要在自己的诗歌中做出某种回应，不管是自觉的，还是被迫的。它逼迫我做出回答，当然这种回答绝不只是某种道德姿态的宣告甚至立场的简化，而是个体置身一种共同的精神现场与伦理困境之后切肤的感受、体验与经验，并通过语言的肉身来予以赋形与呈现。而与这种努力相对应的，必然是形式上、修辞上的变化，言说的艰难肯定会带来修辞的艰涩和复杂，甚至变得晦涩、含混。

七

我赞同适度的晦涩，甚至从一个极端的角度来看，晦涩也是新诗合法性的某种担保。早年我写过几首月亮的诗，类似"月亮，你这千年的佳酿"这样的句子曾被小范围传诵，现在我还会写到月亮，但现在更多的是像"半个月亮在天边翻着白眼""死亡的银骨针""莫非月亮和我们一样，也有一张肮脏的脸"这样的描写，也就是说，像"月亮"这样的原型和古典意象，也必须经过必要的变形、弯曲、破碎和压铸，必须放置在某种难度的铁砧上经受锤打和技艺的淬炼，才能进入我们的诗歌。从这个意义上说，我需要写出的肯定不是一种段子或口水联手的小聪明（哪怕贴上"事实的诗意"这个光环），也不是抽干情感与判断的所谓"零度写作"，而只能是一种综合了情感、心智、经验、想象，能够以猎犬一样敏锐的嗅觉、触须和速度，抓取并捕获那"唯一之词"的"零度以下写作"。

八

对我来说，"大诗人"是一个过于遥远、宏大，乃至不可能完成的目标，这是考虑到自身的局限和若干外部因素之后谨慎的选择和定位。我的理想是做一名"小诗人"，或者在"大诗人"的阴影里可以被偶尔打量的"次要诗人"。尽管在艾略特看来，在读一个当代诗人时，我们并不真正关心他是否是一个"主要的"或"次要的"诗人，而只在意一首诗是否打动了我们。至少在我看来，"次要诗人"可以是"重要诗人"的一个不可或缺的补充，"小诗人"也可以因其"小"而呈现时代的褶皱与更多细微的因此也往往易被遮蔽的部分。所以我在使用"小诗人"这个词的时候，并非意指诗的气度与格局，亦非指涉诗人胸襟与境界，而是更多关照诗的细部，着眼于语言本身更为微妙也更为迷人的肌理，从而让读者有可能真切感受到诗歌内部的精神压强与语义气流。

（选自《江南诗》2023 年第 3 期）

季度观察

集体黄昏中"责任"的补饰

——中国 2023 年夏季诗歌观察

/ 钱文亮　林子懿

诗是关于时间的语言，时间是凸现与遮蔽的语言，本季度我们选取"责任"这条线索，对相关的诗人诗作进行了专题性阐发，以烛照春夏花圃的纵深。

一

诗人王二冬作为一名快递行业的从业者，近些年开始得到诗坛的关注。本季度，他先后发表的组诗《中国快递员》《物流园》，聚焦于他自己熟悉的快递领域：其中写库管人员的《化妆品仓的爱情》，将库房里被挑拣的化妆品同一对劳作的年轻人之间的爱情相挂靠，女孩辛勤的脸庞因为与相爱的人在一起打拼而染上了霞光的润泽；《打包员》中的"她"一边承受着身体的劳损、年华的消逝，以至于"无数次想把自己打包 / 随便一个地址，只为逃离"，但另一边又用实际行动——也就是心存愿景、努力工作的方式，来反抗前面的绝望，彰显着一种生命的韧性；另外还有关于物流运输人员的《军庄车神》《中国快递员》《向前方》《夜派》等，丰富了快递行业的群像。在《冲上云霄》《忆千灯》《想象》中，王二冬赋予每条运输线、每个运输途中的包裹以不同寻常的意义，将之升华为生活乃至生命中的光——因为它们承载着各行各业、不同身份的人们的期盼，而这一期盼的落实，要靠那些不辞劳苦又默默无闻的快递小哥们高效、专业的劳动。于是，王二冬在《中国快递员》中向他们做了总体性的致敬，"我从不吝惜 / 把最大的词用在最普通的人身上 / 他们默默做着最微小的事 / 很少被夸赞，更不会自夸 / 他们的习以为常 / 在日复一日的奔波中 / 已足够伟大"。

由此看来，尽管王二冬对快递行业的书写，在表面上承袭了 21 世纪初兴起的

"打工诗歌"耕耘进城务工者这片新兴土壤的题材特质，但与"打工诗歌"或显或隐的控诉或批判不同，王二冬的诗突出的是小人物在平凡岗位上肩负的不平凡使命，以及劳动者身上散发出来的品性的光芒等。因此，他的写作不仅聚焦、抒发了自己的人生经历和情感体验，而且与时代主导的平凡者奋斗"追梦"的叙事相契合。也就是说，王二冬的"快递诗"在一定程度上强调了集体责任，它传达出来的意志虽然出于个体但又大于个体，带有某种"大他者"性或者体制性。

与王二冬的"快递诗"有所不同的行业书写来自诗人榆木。作为一名对煤矿生活有着长期体验的基层矿工，他在 2023 年第 8 期《诗刊》上发表长诗《煤矿之诗》的节选，在个别片段中，榆木同王二冬一样，对自己的工作对象做了概念上的升华。他笔下的煤类似王二冬笔下的快递包裹，具有月亮、星星、灯盏的品质，象征着劳动者乃至劳动本身所散发出来的美丽的光芒。但是与王二冬擅长将飞机中的快件形象化为携带福音的天使不同，榆木诗中的煤炭更像是那些深入地下、拿命讨生活的小人物辛苦境遇的一个物质化缩影。

可以说，榆木的"矿工诗"更多接续了我们在前面提到的 21 世纪初"打工诗歌"的那种下沉、暴露的书写谱系。只不过在时代风潮发生一定变化的情况下，诗写主体内部的对话性、商榷性成分开始逐渐增加。这种类似自我审查的内部对话程序，最终外显为经过了适当调整的写作策略和写作实践。因此我们看到，相对于十几、二十年前活跃在"打工诗歌"创作一线的那些"前辈"们，榆木的发声变得间接、温吞了许多。虽然在发表出来的《煤矿之诗》第 106 节中，榆木动用了"死"这个惨痛的字眼，但同诗人郑小琼和诗人许立志相比，比起他们在诗歌中投下的那些消极、极端的词语，榆木更倾向于用一种间接、沉潜的手艺将这些尖刺尽可能地敉平。他一方面懂得，应即时给暴露出来的疼痛肌肤涂上一种温性的保护药膏；另一方面也善于在矿工悲辛命运的底色衬托中，借调出存在于他们身上的诸如"穿过这轮弯弯的月亮 / 继续向前"的坚韧品质，以及之前所提到的闪着星月光泽的劳动业绩等，来为自己所在的"小共同体"扩出一片希望仍存的光景——布谷鸟在梦中不停地鸣叫，春天，也在"地层之下的睡眠中悄悄萌动"，以便平衡诗写主体内部不同"分体"间的对话综合。

相对于 21 世纪初基于南方私人工厂的那些"打工诗歌"带有一种因漂泊无根而接近绝望的青春气质，在 2020 年代，榆木的"矿工诗歌"呈现出一种因有根维系而显得不乏念想的中年风貌。这种相对而言的固定性，始于榆木笔下的那些基层矿工，从被生活历炼的角度看，都已显得足够"成熟"，故他们接受妥协，特别是在确认到自己同故乡之间的"连带"关系——谁也不会率先离场——之后；而念想则来自家庭亲伦，以及他们对这种亲伦关系的责任担当。这一点在诗人王计兵的"外卖诗歌"中体现得尤为明显。

在 2023 年第 5 期的《诗选刊》上，编辑选发了王计兵诗集《赶时间的人：一个外卖员的诗》中的多首作品。《减速》就是其呈现母爱为奔波中的外卖骑手进行温暖加持的一个例子：每次出门前，"我"都发现"母亲"偷偷把电动车的速度挡位调到了最低，于是在和"秒钟抢速度"的生存之路上，"我"也"不得不缓慢下来"。正是由于身上携带着家人的这份眷顾，所以王计兵才在《我笨拙地爱着这个世界》中大声地宣告——"我笨拙地爱着这个世界／爱着爱我的人"。

因此，不管是榆木的"矿工诗歌"还是王计兵的"外卖诗歌"，都可以在一定程度上从郑小琼、许立志等人的"打工诗歌"谱系中脱离出来，而和王二冬的"快递诗歌"并拢在一起，成为新一代"打工诗人"在反映基层民情的同时，不忘承接某种"大他者"致敬责任的书写镜像。另外，相比于卞之琳、田间等人在国难年代用一种直射式的语言来加载他们对社会、民众所负有的宣传、感召"责任"，王二冬、榆木、王计兵等人则更擅长用一种反射或折射式的诗歌语言，来间接、轻度地承载相对"大我"一些的"课题"。随着时代的变迁和诗艺的转换，新一代的"王二冬们"扩大化地使用了卞之琳"责任内逍遥"的诗写技术。也就是说，他们更善于在"集体责任"的含注中亮化、突显其"艺术逍遥"的一面。比如榆木对于"黑"的现代性呈现，以及王计兵对于"小我"境况的多角度结撰，等等。他们的写作发射点，不是基于印度诗人科雅姆帕拉姆巴什·塞奇达南丹在《有关诗歌，有关生活》一文中所提到的那种"历史的眼睛"，而是基于与小人物共情时颤动不止的那颗悲悯的心灵。更何况他们就是这些小人物中的一员，底层生活对于他们来讲，不是任务性质或计划性质的作家体验，而是一种摆脱不掉的命运区间。所以在面向社会、面向大众的新一代"责任"书写中，王二冬和榆木都不同程度地降低了"宣传"的分贝，以至于让那些应该被"宣传"或被"彰显"出来的固体质料，在自由意志及"现代派"以来诗歌技艺的把控下，透明成一种相对轻盈的汁液或者蒸汽一类的东西。

至于王计兵，他是以一种更加私密化的"责任"伦理书写方式，选择在个人辛酸的基础之上，搭建出家庭、夫妻——这一"最小单位意义上的共产主义"建筑关联体，以此隐化或者转换外部暗递给他的那些事关集体责任导向以及升华方面的意志驱动力。这从他频频将家庭成员作为情感的折射面投放到诗中去的书写行为中就能看出来。不论是《那个人》中对在外奔波的"自己"显得陌生、疏远的"儿子"，还是《绕路》中"我"在离家前要偷偷去看上一眼的在三公里外药店工作的"女儿",或者是在《妻子的诗歌》中形容"我"的呼噜声越来越像"折纸"的"妻子",再加上《飞白》《大风吹》《扉页》等诗中一次次出现的"父亲"和"母亲"等,王计兵通过诗歌把他们全部召唤出来,并反复确认亲情共同体的在场,旨在道出自己的生命维系所在,就像一艘经历了一定海事的中年之船,缓慢绕开充满躁动、怀疑、反叛色彩的暗礁和涡流,驶向了灯塔指引的平缓地带。同时,它也变相成为担负着书写"责任"的诗人向"关爱、和谐"的"最小共同体模型"致敬的一个部分,以充当曾作为主干的集体主义宣发质料大面积流失之后,增补上去的那一片次要氛围或者色彩。由此看来,即便是承载着积极面向的家庭、亲伦"最小共同体"个人叙述,也会被来自"天棚"深处的装置吸纳为一个有利于集体意识凝聚的表达形态。

二

相比于王二冬、榆木、王计兵等人从基层个体出发,以阶级、行业、家庭为尺度构建"责任对应物"的诗歌创作,诗人张远伦则以"镇居者"的身份,将自己的情感和"责任对象"停靠在有着一定自然风光和民俗特色的故乡上面。不论是发表在 2023 年第 5 期《诗潮》上面的组诗《在小镇醒来》,还是发表在 2023 年第 7 期《诗刊》上面的组诗《镇居者说》,张远伦的创作"锚点"都指向了自己的故乡——隶属于重庆市彭水苗族土家族自治县的郁山镇。

从整体上看,张远伦的诗实在、明晰,但不乏高洁,几乎每个语义单元下面都支撑着生活的摄像头或者显微镜。他善于在整首诗中平静地呈现出观看、体验过程中的一段而不是一瞬,不论是揭示一主一客分别追逐着时间之水与自然之河这两根线条的《渡口塘》,还是记叙在食夜被吵醒之后所见、所感的《在小镇第二次醒来》,都按照情境发展的逻辑撑大了语言内部的空间,成为可被记忆反复播放的某段流动影像。因此,他的诗不以意象为本位,不是"高峰"之上奇幻画面像霓虹一样在凝固之后又突然涣散,而是以场景为本位,将意境附着在可被辨认出来的人物的行为与状态之上。

这样的特点让张远伦的诗相通于几十年来一直在正规刊物中盛行的以情绪稳健、言之有物为宗旨的"中年美学"趣味,它还意味着,从整体上看,张远伦的诗具有一个清晰可辨的外在秩序,而外在秩序的清晰可辨就意味着评判人对作者书写"责任"的掌握,以及自身编选责任的落实。

张远伦书写他的家乡,主要写了家乡的两个方面。《燃烧的枞树球》《晨曦悬在严家山》《中清河上的鸭群》《竹林小憩》等诗，涉及对自然风光的描写。在前两首诗中，张远伦把优美的乡野环境同纯美的原生态爱情交织在一起进行歌颂。夕光中的枞树果，是恋人眼中爱情的灯盏。而严家山上的晨曦，更是被描绘为天地之间爱情的一次互动。作为旁观者的"我"，在涌动着无限生命力的自然面前，"一脸辉煌"，竟成了被它"分娩"出来的一个客体。这是作者将自身投放到家乡怀抱中去的一个隐喻。我们在中清河上那只色彩炫美的公鸭身上找到了作者投放该隐喻的一个理由，"我经过它，对比了一下自身的丑陋／幻想着被多数同类审美／忽又惊觉早已不少年，不得不／使用大量文字摁住内心／才没有悲从中来"。也就是说，张远伦要借助家乡纯粹、蓬勃的自然生机——超然事外一会儿，以此抵抗生命活力的衰减，避免让《竹林小憩》一诗所揭示的那种"时间的钢刀正要砍下来"的迷失和焦虑，完全吞没现实中的自己。由此看来，诗中那葆有淳朴自然风光的家乡小镇，其实是作者拯救其社会性中年危机的一个理想化介质。

除此以外，张远伦对家乡的另外一层书写，体现在了郁山镇浓郁的民俗特色上面。《苏家刺绣》一诗中"翡翠"陷落在一片"墨迹"里的状态，被视为一种"东方美学"。而《烧白》这首诗，特色菜品的制作又成了写作过程本身的一种比附。在《夜宿汉朝》中，张远伦像郁山镇的一位导游，带领我们见识出土于此的古代文物，"那些青铜和玉，被我的语言氧化／幻变为发光体。低调的双耳陶罐，暗淡一点／甚好，可为我的替身／静看身旁，翡翠成为渐渐变绿的月轮"。此外，还有在电子信息时代被废弃，只有夜雨和白雪光顾的《旧邮筒》，以及泼溅着不息盐水的《飞水井》，其中，"飞水井"虽是一处自然景点，但在张远伦的描绘下，终究拥有了咸淡，从而析出某种"人文地理"的况味。

再者，从使用修辞的角度看，张远伦在细腻地触及家乡风物核心表征的同时，还善于将具体的描绘对象与阅读、书写这样的文化行为进行类比，像前面提到的《烧白》一诗，就把别人对这道菜品的制作过程以及作者对这首诗歌的创作过程同等程度地进行了互文："初露端倪之前／它们须得完成一次吻合的倒扣／像是在倾尽自己的物欲／把属于精神的空间打开，袒露／而后诗歌节奏一般微微推动／片与片中间露出句子的行距来／像是建立了一个小世界内部／互不过分的伦理秩序"，令读者在随着"导游"的介绍欣赏到厨人做菜手艺的同时，也"观看"了一次诗人在"脑路"之中的作诗。在《阅读苍穹和雪》这首诗中，张远伦同样借助具体风物暴露了自己的创作方法。他强调从生活现象出发，绕到现象的背后，在此基础上，反推现象的本质。于是张远伦由瓦檐上滴落的融水，退回到冬天的皑皑白雪，再由冬天的白雪，退回到深邃而模糊的苍穹内部。他说，"写作，就是把这种不可见／变成至少一个人的可见"。可以说，张远伦在以状摹、记叙客观事物见长的"及物写作"的两边，安装了具有学理性、反思性的"元写作"侧翼，让近些年来逐渐为人所诟病的"接地气"的诗歌写作，慢慢呈现出摆脱"平行于生活"甚至"低于生活"的庸俗化品质，开始冲着宇宙深处的形而上大光晕扑腾翅膀的飞翔的姿势。

在《镇居者说》这组诗后面，还附有张远伦的一则创作随笔《桥头的小卖部》。他在里面进一步提到郁山古镇的景点和物产，还提到父亲谋生的艰难。如果说父亲对张远伦的影响，更多是一种顽强、乐观的生活态度，属于精神层面的照拂的话，那么家乡风物对张远伦来说，就是一种物质层面的滋养。正是由于对上述精神和物质双方面的汲取，张远伦书写郁山镇的诗歌，也就自然而然地带上了易于被他人所感知、同化的情感和"责任"的性质。他在《桥头的小卖部》中说："我为他们写诗，也为我自己写诗，像是礼赞他们，也像是救赎自己。"所以，张远伦的地域书写，因为有其赤子情怀对家乡——这一"小共同体"的执着的凝注，而变相遮掩了可能存在的功利主义或更大一圈共同体所要求的外显意志，再加上前面提到的他的诗存在着一定程度的虚实结合、质文互证的审美光泽，终于使得其书写"责任"的交付，与那些奉"约"赞美某地某物的特稿诗、宣传诗、采风诗明显区别开来。

同样是书写自己熟悉的家乡地域，诗人、学者杨碧薇发表在 2023 年第 8 期《诗刊》上面的长诗《小镇》的节选，以更加私人化的态度，呈现了少女时代的她在云南省昭通市彝良县下面的一个小镇所经历的往事。与张远伦使用比附性修辞及"元书写"策略辅助表现其对于故乡风物的低分贝礼赞不同，杨碧薇的"小镇"书写更像是一种不负美化"责任"的、有关逝去年代中一些个体境遇的平淡记述。这里面有"姑姑"在"我们"到来之前早早地为"我们"铺开"暑假凉席"的慈爱，有"表姐"在师范毕业前的最后一个暑假，为释放不再包分配的就业压力，独自一人向着洛泽河深处游去的坚韧，有奉行了一辈子不婚主义的"老小姐"在生命结束前悄悄离开家门，只在抽屉中"留下一包金扇样的银杏叶"的自由与独立，还有时年八岁的"表妹"在摇摇晃晃的铁索桥上追逐一只"闪亮"红蜻蜓时的快乐、纯真，等等。

我们发现，出现在杨碧薇《小镇》节选中的人物，不仅多为她的亲戚，而且都是女性，这为我们提供了一个"新的"审视向度。

在以往"与之类似"的文学或影视表达中，比如导演侯孝贤执导的电影《风

243·

柜来的人》《童年往事》《恋恋风尘》，以及导演贾樟柯执导的电影《小武》《站台》《任逍遥》等，均以一种疏离"大共同体"意识形态且相对客观、平缓的语调，来呈现处在城镇社会末梢的一些青少年个体，在被时代风潮的余波荡及之后，所做出的细微选择或者无从选择。但他们的作品里面，似乎并没有像杨碧薇这样的略显"极端"的性别成分的安排。可以说，是杨碧薇让我们注意到了在对城镇末梢飘荡个体以及比这更大一层事物的表达上面，切实存在着性别的主次这样一个历史性的问题。

西苏在《美杜莎的笑声》中不断强调，为了冲决由男性权力织就的书写网罗，女性"必须参加写作，必须写自己，必须写妇女"，以此"来作反叛思想之跳板"，为以后可能到来的社会和文化结构的变革做出有益的引导和尝试。杨碧薇在这里的实践，不失为一个与之吻合的例子。虽然《小镇》节选中并没有直接表现西苏所提倡的那种女性欲望方面的东西，但是"老小姐"的故事，却让我们看到了女性欲望在由身体转向概念之后，某种包容性或者普适性的最终成型。

"老小姐"十八岁的时候，外面正在打仗，但她身着洋装，画油画，读"域外小说集"，与远方炮火中的"表哥"相恋。在"表哥"意外离去以后，她选择做"镇上第一个不婚主义者"，并且践行到了生命的最后。经过了前面"女性主义"思想的洗礼，我们发现，这并不是一个书写坚贞爱情的故事。杨碧薇在这段诗的最后，借"老小姐"之口说出了她一辈子不婚的真相：其实她的选择要远远大于对"表哥"一个人的眷念，其真正的指向，是内心深处对于"孤独""自足""磅礴""喜悦"以及"自由"活法的确认和抵达。因此离去的"表哥"也就成了她生命追求中一个不期但又真实落成了的理想化客体。这个"理想"涵盖了上面所提到的一系列词语，此外，也包括更为女性所拥有的那种爱的纯粹性，只不过它已不再涉及男权视角下关乎忠贞、美德之类的单性表义传统。

至此，我们从杨碧薇的女性书写中，了解到在女性的世界里，既可以为了两性之爱的承诺，选择一个人坚守一辈子，也可以为实践个体的独立、自由而把这份孤独的坚守圆满化、幸福化、合乎自我成就的目的化，而不带有任何他者的塑造和凝视的成分。这是一种包容性的体现，它撕裂了男性在道德伦理和自由选择之间为两性关系设下的遮尘网幔，使得胚中印刻着"拥有—付出"及"放逐—修己"这两套情感模式的同一种植物，在一片灰色的废墟中生根、破土，绽放出并蒂的生命花瓣。

而这也正好映衬了西苏在《美杜莎的笑声》中所论述的——只有女性书写，才能真正把握那既不排除差异也不排除统一，且在统一中"鼓动差别，追求差别，并增大其数量"的"双性"写作的观点。在西苏的批判性视野中，由于历史和文化的原因，女人才是"双性"的实存，男人只泰然自若地维持着一直以来的"单性"特征。由此看来，杨碧薇以女性主体书写女性客体的诗歌实践，带有一种"女性主义"的观念自觉。同时，在某种程度上，它也呈现了西苏语境下"双性"写作的可能面向之一种。

另外，杨碧薇的诗歌注重选词、炼句和造境。平静的语言水面上往往有"雾霭""雯华""绮窗"等鲜活、斑斓的字词鱼群在不断冒升。她形容沾在各类蔬菜上的露水时，不仅有"古老王朝的珍珠"这样略显传统的比喻，而且还用"露水在它们肌肤上擦拭薄而亮的窗"这样的句子，制造出修辞意义上物的分身，将本体"露水"和喻体"窗"，在同一句话中一主一客地呈现，让"露水"作为被呈现出来的物，具有同主体一样可以行动，可以进行自我表现的"身份"支点，从而凸显了篮中蔬菜在露水的装饰下新鲜、可口的样态特征。

杨碧薇善于创造语言的视觉效果，"天幕渐暗，黑色轮胎越漂越远／恍如迷失在太空中的行星环"，是写云在暮晚时分的滑移。而"红宝石发卡""赤簪""一抹瑰绚的红"等，又是红蜻蜓飞舞在诗中的各种比喻，它们万花筒般出现，配合着时年八岁的"表妹"在铁索桥上轻灵、愉快的追逐动作和向往神态，搅动得语言也跟着飞了起来。西苏在《美杜莎的笑声》中把女人比作"空中的游泳者"，说飞翔是她们的姿势。现在，我们在杨碧薇的诗里，找到了西苏"飞翔"之说的具体所指。

除了杨碧薇包容、灵动、接地气的小镇女性书写，以及张远伦从自然风光和民俗特色这两个方面拓展开来的故乡礼赞，对自己所在地域进行情感表达的，还有诗人马累，只不过他的侧重点落在了文化考量上面。来自山东省淄博地区的他，以《原乡的恩宠》一组诗对黄河下游地区的景物和象征进行了细描与道说。

我们从马累的这组诗中提炼出了"黄河""父亲""村庄"这三个关键词。

其中，"黄河"既是自然地理意义上的黄河，同时也是文明意义上的黄河。山东省内的儒教熏习、淄博地区的齐国掌故，都赋予马累一种浑厚的历史感，以及郑重其事的教化传承方面的"责任"意识。他在《黄昏》一诗中这样写道："从儿时起，／我就在黄河边沉溺于智识的召唤。"由此看出，马累在自觉地将自己所在地区与更高一层的文明秩序联系在一起。

河底那神秘的城池像一部《增广贤文》，

诱惑着我。

"积金千两，不如明解经书。"

有时在梦中，

另一个维度的我也在捍卫这一切。

冷冷的星光，笼罩着我。

这个"智识的召唤"，一方面有着具体的、本土的文化含义，比如儒家的道德伦理，以及传统文化中知识性、启发性的那个部分；另一方面，它也涵盖着一定程度的对超验的彼岸空间的联系和描述，我们认为，这是马累受到部分德国哲学家如伊曼努尔·康德以及马丁·海德格尔等人著述影响的缘故。

照此来看，马累《原乡的恩宠》中"原乡"一词的含义，也就呈现出中西并列式的两种状态。

首先，"原乡"是指马累的家乡。在《春天》这首诗中，生长于黄河下游

地区的他，先是将"父亲"身上的物件和"春天"联系在了一起，这是一种有关时间的比附。进而他又提到"母亲"，说"母亲"是家附近光线柔和的黄河河面，类似于一种容器或者空间。这让我们想到法国理论家露西·伊利格瑞在《性差异》这篇文章中所指出的一个现象——在基于传统神学的既有观念中，有关女性的诸种经验常被比作"深渊"这样的空间，而男性经验则被视为一种时间进程，或者就是神本身。可见马累在不知不觉中冥会到了类似的"原型"系统。但是他的情感抒发，并不携有将"父亲""母亲"或者"男性""女性"对立起来的考量，而是努力挣脱时间与空间在各自向度上的隐喻"嵌入"，强调两方作用在自己身上的融会与贯通。从这个意义上说，马累既被父性的"孔孟之风"所庇护，同时又"受教于一个慈悲的轮回谱系"，而后者象征着母性。于是我们前面提到的"时间表父亲，空间表母亲"的西方神学寓意，在这里获得了一种东方式的混淆。因为在马累的"孔孟之风"里，既有一种文化传承方面的时间意味，同时也彰显了"风"在天地四方吹拂鼓舞的空间能动。同理，所谓"慈悲的轮回谱系"，也不只描述了"光照"的真实在场，它还把"爱"牵引到了历史主义的无限循环之中。因此可以说，马累的"父亲"和"母亲"是时空统一体的肉身积累，正像《春天》所写的那样："因为我的信和秉持 / 大部分脱始于父母脸庞的幻影。"它们同"孔孟之风"和"慈悲的轮回谱系"一道，构成了马累情感拓扑意义上的双关和化合，并且沉淀为一种混沌的"责任"载体，撒向了滋养世间万物的大地与故乡。

其次，受近代以来的世界文艺特别是德国经典哲学思潮的影响，马累口中的"原乡"也自觉或不自觉地染上了某种超验或神秘的色彩。在《黄昏》中他这样写道："事物缠绕着我，/如同道路与星光一样教育着我。"里面隐隐约约浮现出康德在《实践理性批判》一书的《结论》中所写的"头上的星空和我心中的道德律"的句子样貌。

据此，我们观看马累《原乡的恩宠》这首诗：

> 梦见童年时候，我曾长时间注视
> 那些生铁般的乌鸦。
> 它们从夕阳中衔回真理的枯枝，
> 在最高的树杈间垒巢。
> 我还梦见天边理性的火烧云，
> 不止一次被非理性的梵高画下来，
> 伴随着一片非理性的星空，
> 俘虏我至今。
> 这些奇迹全部来自原乡的恩宠。
> 噬我，如附骨之刃。

显而易见，诗人已经用他灼穿不同界限的美学意象和镜头拼接，替康德的哲学原著和邓晓芒的学术阐释，献上了来自文学层面的鲜活"注脚"。

此外，在对"原乡"这个概念的诗性传递中，马累身上似乎还穿着海德格尔的衬衣。海德格尔在《荷尔德林诗的阐释》这本书的开篇，便从形而上学或神秘学的角度，将荷尔德林《返乡——致亲人》一诗中诗人的"返乡"，视为一种对"本源"的神秘的切近。也就是说，在海德格尔的理解下，荷尔德林所要返回的"故乡"，并非指字面意义上那个与诗人有着一定联系的地理实存，而是指出于种种原因，最后变得"隐匿"起来的诸神的渊薮。它是一种灵魂层面的"故乡"，也即精神的"原乡"。

这里面，诸神既是"朗照者"也是"祝福者"。对诸神渊薮的返回，意味着诗人对天空、光明、大地这"三位一体"的神圣统一抱有一种坚定的信念，并且在不断靠拢。在海德格尔所谓的"神之缺失"的年代里，荷尔德林的书写，昭显了诗人身上所负有的"天职"或者"责任"，即携带着神圣的、切近本源性的语言"返乡"，"让高空之物本身在词语中显现出来"。

学者、诗人王璞在《远游和溯源：荷尔德林的诗歌地理》中指出，荷尔德林自 1801 年 12 月到 1802 年 5 月间在法国南部的旅行，对其个人的文学创作和精神发展来说显得至关重要。因为这次旅行，让他真正领悟到了古希腊精神的本质，即古希腊精神不仅意味着真理和美的统一，它还意味着"源泉和暴火"这样最极端的生命意志和创造力的呈现。王璞说，古希腊精神中所蕴含的生命意志和创造力，在形式上脱胎于具有"混沌"表征的"东方"世界，即"亚细亚"地区。因为"亚细亚"代表了文明的最初降临，代表了"太阳的暴火"，代表了一种属于"本源"的冲动。这与当时法国大革命的余波以及南法地区光照强烈、植物嚣张的环境特点带给荷尔德林的"异域"冲击感形成了隐喻方面的自洽。它们共同作用，把诗人的追求推向了力与混沌的理想场域。

　　所以说，荷尔德林的精神"原乡"在地理上面不仅映射了古代的希腊，更远一步，它还牵扯到了诸神醒来的"东方"或者"亚细亚"。

　　而马累就生长在这片德国人眼中承载着诸神间暴力冲突的"亚细亚"的土地上。"黄河"是其外在的表现形式，它水流盛大，"刀枪不入"，《我的黄河》一诗缠绕着"千百年来，/泥沙已经堆积成向上的深渊"这样的句子。于是，凭借积累的神秘及自然的雄浑，黄河被马累看成了世俗外某一神圣事物的落地与化身。它的水纹能够和"夜空的心电图"相照应，"它剥开了大地，/并委托林间的乌鸦向空气中传播生存的秘密。"不仅如此，它还启发"我"对诸神进行猜度与思考："肯定存在着一类人，/以怀疑的力量来点燃星光，/以孤寂和遁世来迎接星光，/以爱和道德成就了星光。"（《深秋之忆》）于是，马累眼中的黄河与荷尔德林眼中的古希腊，完成了一次"真理"意义上的价值兑换。同荷尔德林对故乡河川伟大而崇高的赞美相类似——山脉跟河流被视作空间和时间的象征，河流为大地带来"沟壑"，让大地变得可以耕种，山则是"产生于时间中的生动的此在之象征"，由时间铸就，并且成为时间的峰顶，马累也借着黄河这个横放下来的灵魂的"通天塔"，开启了高蹈的"返乡"之旅。

　　当马累在《原乡的恩宠》这组诗后面的创作谈《我的黄河》中写下"因为黄河，我不想写那种仅仅是情感链条与生命现象展开的诗。我想写那种生命意识与精神向度缠绕着上升的诗"的时候，他对于"大道""本源"或"存在"的亲近，已经达到了某种教化下的极致。但这是否就意味着马累彻底接受了荷尔德林式的"神启"，选择在世俗生活中用孤独将自己封闭起来，最后一门心思地陷入有关超验彼岸和上帝嘉赏的疯狂设想中去？事实上，荷尔德林借由"失故乡"的现实状态与"颂故乡"的精神状态之间产生出来的张力，极大地扩展了自己"万有中有神性在场"的内心版图。他站在外部巡视故乡，动用精神的力量包围故乡，以此完成超越一切时间、与诸神齐在的有关生命空间的心灵疗愈（宾德《荷尔德林诗中"故乡"的含义与形态》）。

相比于宾德口中"既是故乡的歌者，同时又是一个没有故乡的歌者"的荷尔德林，马累与故乡的关系则要亲近、务实得多。首先，马累长期生活在故乡周边，成家立业后，并没有像荷尔德林那样选择终生漂泊。其次，从他的诗和创作谈中，我们看到，马累熟悉故乡的一草一木——像《诗篇》中出现的乌鸦，《深秋》中"墓牌"丛林一样的玉米地，《纪念》中患了铁锈病的麦子，只剩下一副"骨架"的稻草人，等等。他对父母也充满了温情，《安宁》一诗写"我"坐在老家的院子里，和"父亲"聊一些今古传奇，"母亲"则在厨房里剁肉馅儿，"菜板发出有规律的嗒嗒声"，他把这份情感寄托于现世。由此可知，儒教人伦的力量一直维系着马累与世俗世界之间的关系，从大体上说，这种关系是和谐、温馨的。在《抒情诗》中，困扰马累的"局限性"并非荷尔德林在《迁徙者》一诗第二稿中所揭示的——进入圣域后，亲人间的爱便永不回返——的那种透彻的觉悟，而是"我的写作没有与人、与人性／建立起更可靠的联系"这样的世俗性的反思。他反思自己没能更进一步地涉入人性，而不是神性。因为世俗之家的存在，马累不可能像荷尔德林那样，让其形象并入海德格尔对奥地利诗人格奥尔格·特拉克尔《灵魂之春》一诗中"灵魂，大地上的异乡者"这句话进行诠释后所昌明、标定出来的"大地诗人"的行列。因为对马累来说，在大地上"诗意地栖居"，更多的是一种领受，而不是创造。因此，马累是一个拥有故乡的"故乡的歌者"。所谓"原乡"，在他那里，一半裹含着对超验世界或终极归宿的洞察性体认，另一半则搅拌着对"小共同体"美好生活愿景的伦理性实践。针对后一半，马累在《我的黄河》这篇创作谈中强调："如今我的诗歌里经常出现'真理'这两个字。我想对这条大河说的是，即便是千疮百孔的肉体早已裹不严灵魂，但我的真理是最起码的：不离经，不叛道，渴望业与德的共生。"突显出儒家文化对其价值取向的匡扶。

总之，马累把寄寓来世、感知"超验存在"的西方宗教与讲求现世体验、不语"怪力乱神"的东方儒道整合在了一起，即把精神上所联结的对于人类根本性来源的古老确认与物质上所依托的父母、故乡的养育之恩整合在了一起，体现了中国人对于"超越事物"的在地性吸收和转化，具有一定的典型性。基于这样的出世与入世、西方与东方的文化中和观，诗歌便自然而然地成了马累世俗化肉身的一个试验平替。在创作谈《我的黄河》最后，马累写道："我要用诗歌去追随那极少数的智者、天启者离群索居穷尽一生去探究的道和德。"就像一个仿照着荷尔德林模样制造出来的稻草人，被插在了"原乡"的麦田之上，承受着鹰隼的误解与时令的暖寒那样，最终，马累的生命试验拥有了一个不必以世俗间的幸福体验为代价的虚拟容器或表达器官。

所以，从根基上来说，马累的地域书写更靠近德国文论家瓦尔特·本迪克斯·舍恩弗利斯·本雅明在《讲故事的人：论尼古拉·列斯克夫》一文中所说的那种"农夫"意义上的创作。相比于四处漂泊、泛海通商的"水手"，"农夫"的特点是蛰居一乡、安分地谋生，"谙熟本乡本土的掌故和传统"。因此，由"农夫"讲述的故事虽不像由"水手"讲述的故事那样令人感到惊奇和神秘，但充满了生活的细节和经验的专一。

同时，在某种情况下，"农夫"的田园也会变成他者的远方。特别是在城市和现代化症候变得愈加突出、万事万物都在向同质化靠拢的当下，对于很多读者和听众来说，身居异域的"农夫"慢慢地成为小众、边缘甚至是另类人群的一个代表。可以说，在这些人眼中，深耕远方的"农夫"与"游牧"归来的"水手"并无多少差异。诗人杨森君的创作就属于这样的例子。生长、居住于宁夏回族自治区的他，善于从微小、具体的事物入手，映衬中国西部地区广袤、浑圆的自然、人文风貌。他在 2023 年第 4 期《诗潮》和 2023 年第 5 期《诗歌月刊》上分别发表了题为"追火车"和"骑着时间之马"的两组诗。在这两组诗中，每一组都有"赤裸的岩石""呼啸的大风""沙漠中的河流"等携带着一定西部特征的象征对应物出现。沧桑质朴的岩石、纯粹旷达的大风、淡泊柔韧的流水，充当了杨森君西部美学的一个注脚。这些在别人看来显得过于朴拙且未经器具化的事物，恰恰体现了杨森君眼中西部地区的完满与具足。不管是岩石还是大风，死火山还是戈壁，它们身上，都含有一种先天应然的要素，教人醒悟到"自然律"或"大道"中存在着的虚无。

《风砺石》一诗描写了一块浑身布满"斧凿之痕"的石头，"它锋利的部分 / 会伤手 / 它开裂的部分 / 能插进去一枝花"，诗里面强调，这绝不是人为所致，也不关乎风的打磨，"它生来如此 / 如此 / 便是完整"。因为它们的"自在"本身便"加权"了他者将要施加在其身上的种种言说或者操作，所以在它们这里，"自为"的阶段连同其运作的根源——"人类中心主义"一起，被统统宣昭为无效。

与杨森君的西部书写形成地域联动的，还有不少诗人发表在 2023 年第 3 期《绿风》上面的一些诗作。诗人梁积林的组诗《契约书》，以鹰隼飞行或高天月照的视角，着力表现甘肃省内寥廓、壮美的自然风貌，并在这个类似原始洪荒的世界之一角，散发着人类关于爱情的信号。同样是写雪，与梁积林在《河西走廊》一诗中把雪当成语言和爱情的根本借喻，指向文明和生命的元素最深处不同，诗人陈韵在《石河子的雪》这首诗中，更加单纯、清浅地表达了自己对于家园的爱和守护。而到了诗人徐业华这里，勾连新疆维吾尔自治区境内的历史残片以及风俗独特的少数民族，便成了《慕士塔格山峰》《在库车避雨》《在巴音布鲁克》等旅游、采风类诗作的书写要旨。诗人秦风描写新疆伊犁哈萨克自治州境内惠远古城的《霍城：不负边疆不负香》一诗，同样在对自然景观、雨雪气候的复写和重构之外，加载了作者对于该地区历史人文的称颂与祝福。同时，该诗还传达出一种——要在艰苦环境中怀抱责任和爱，为祖国戍边的"言志"味道。因此，他的创作，连同我们前面提到的徐业华、陈韵等人一样，通过与"大共同体"意识形态相贴合的自我情感的抒发，对西部地区所蕴含的自然、人文以及精神方面的品质，起到了一定程度的宣传、鼓舞的作用。

但最后，对于现如今的地域书写，本季度特别突出的还是张远伦、杨碧薇、马累、杨森君等人。不管是张远伦基于礼赞冲动而写下的重庆地区，杨碧薇秉持女性主义关怀而从回忆中打捞上来的昭通小镇，马累通融了东西方"原乡"界限的黄河下游，还是杨森君那原生态词与物碰撞到一起后迅速完成谦逊接榫的西部旷野，都带有一种以诗歌为本位、以艺术为本位的"责任内逍遥"的"私我"化向度。他们善于将"对本地经验的宣传"这个书写内核或者侧面，用多种高超、圆熟的技术手段，如将描述的事物带向美学理念、带向神秘、带向思的升华等路径，或者直接探讨认识问题，引出人在自然面前的夸饰和无为，等等，要么将之打散、稀释，要么将之边缘化或者缩小，以便让反映"现实"、承揽"责任"这一从外表看上去颇能为"大共同体"意识形态所接受的诗歌课题，在倡明了合作、合拍的响应者态度之后，还能顺着诗人自身的创作观念、手法偏好以及诗歌艺术在当下的成果积累等暗道，心照不宣地呈现为一种根于自我表达的文学或艺术上的本体。从这个意义上说，他们的地域书写，更多的是在"逍遥内责任"，或者是一种主次被置换了的"责任内逍遥"，因而具有多种可供咀嚼、品鉴的诗学味道。

三

经过上面的诗歌观察，我们发现，部分在传统家国伦理的感召或现实利益的驱策下，承载着连通"屋顶"与"地基"这一制度性"责任"的"现代士子"们，因其所写的汉语新诗天然携带着近现代西方文学那种怀疑、反叛、崇智、唯美的多向度精神，而在思考和处理起"共同体"这一命题时，变得精微、融合、复杂、理性了许多。他们于浓重的抒情表象之外，隐藏着客观、审视的叙事性内核，让一种曾经显得主动且热情的规训，消融在一片疲惫、散淡的集体主义黄昏里，以确保某种深挚的情感或信念，可以像夜晚的春风那样，从最小数量听者的窗台边悄然抚过。

（上海大学文学院　中国当代诗歌研究中心）

※ 本文资料来源主要为 2023 年 4—6 月的国内诗歌刊物，包括《诗刊》《星星》《扬子江诗刊》《诗歌月刊》《草堂》《诗林》《诗潮》《诗选刊》《绿风》等，以及综合性文学刊物《人民文学》《青年文学》《北京文学》《上海文学》等。除作者姓名、诗题，诗作发表的刊物与期数不再一一注明。

图书在版编目（CIP）数据

诗收获. 2023年. 秋之卷 / 雷平阳，李少君主编
. -- 武汉：长江文艺出版社，2023.11
　ISBN 978-7-5702-3337-3

　Ⅰ. ①诗… Ⅱ. ①雷… ②李… Ⅲ. ①诗集－中国－
当代 Ⅳ. ①I227

中国国家版本馆 CIP 数据核字 (2023) 第 186664 号

策　　划：沉　河
责任编辑：王成晨　　　　　　　　责任校对：毛季慧
封面设计：祁泽娟　　　　　　　　责任印制：邱　莉　　王光兴
封面插图：狄东占　　　　　　　　内文插图：狄东占

出版：　长江出版传媒　　长江文艺出版社

地址：武汉市雄楚大街 268 号　　　邮编：430070
发行：长江文艺出版社
http://www.cjlap.com
印刷：武汉市籍缘印刷厂

开本：720 毫米×1020 毫米　　　1/16　　　印张：16.25
版次：2023 年 11 月第 1 版　　　　2023 年 11 月第 1 次印刷
行数：6401 行

定价：58.00 元

版权所有，盗版必究（举报电话：027—87679308　　87679310）
（图书出现印装问题，本社负责调换）